アローン・アゲイン

最愛の夫ピート・ハミルをなくして

青木冨貴子

Alone
Again

新潮社

何を見てもあなたを思い出す

二〇二〇年八月に夫がいなくなってから二年を過ぎる頃まで、何を見ても彼を思い出す日々が続いた。スーパーマーケットで緑のぶどうを見れば、それを毎日食べていた姿が目に浮かんだし、ダイエット・ペプシのボトルを見れば、仕事机の上にいつも置かれていた氷いっぱいの大きなグラスを思った。

わたしはそういう〝もの〟を見ないように試みたが、思いがけず目に入ることもある。まして場所とか建物などは避けきれるものではない。そのなかでもいちばん困るのがブルックリン・ブリッジだった。

わたしたちが暮らしたブルックリンとマンハッタンを結ぶ橋で、イーストリバーの上にかかっている。夫はこの橋が大好きだった。

「この橋はいちばん古くていちばんきれいなんだ！」

ひとりで渡るようになっても、嬉しそうな彼の声が聞こえてくるようだ。この橋はアメリカでもっとも古い吊り橋の一つだし、鋼鉄のワイヤーを使った世界初の橋なんだよ――。

夫の最後の四年間をわたしたちは彼の生まれ故郷ブルックリンで暮らした。それまではマンハッタンの先端に近いトライベッカのロフトに二〇年近く住んでいた。アメリカでは、倉庫や工場をリノベーションした住宅をロフトと呼んでいる。天井が高く、内部を好きにデザインできるので、彼の二万冊近い蔵書を入れる本棚を並べられたし、ふたりの仕事部屋のスペースもとれた。

夫は大病した後でブルックリンに住みたいと言い出した。「ゴーイング・ホーム」。誰しも最後には故郷に帰りたいと願う本能があるのかもしれない。実はそれまでにも時々、そんな言葉を発していたのだが、わたしは知らん顔していた。あまりに荷物が多すぎて、引っ越しなど考えただけでもうんざり。とはいえ、長い入院生活から車椅子でようやく帰ってきた彼の、か細くなった声で真剣に訴える願いには、ついに「ノー」といえなくなった。

ブルックリンはすっかり人気のエリアになったので家賃も上がり、なかなか住めるようなアパートはなかった。初めの二年は「Ｃｏｏｐ」と呼ばれる共同所有の大きなアパートにいたが気に入らず、それでも根気よく物件を探すうちに、一九世紀に建てられた褐色砂岩《ブラウンストーン》五階建の一、二階デュープレックス（階段でつながっているタイプの物件）が見つかった。

「庭のある家で本を読んで過ごしたい」というのが夫の願いだった。


わたしの夫はピート・ハミル。

日本では映画『幸福《しあわせ》の黄色いハンカチ』の原作者として知られるが、米国ではベトナム反戦運動が盛んだった六〇年代、いち早く反戦を訴え、市民の声を代弁するコラムニストとして、ニュージャーナリズムの旗手として大いに健筆をふるった。ニューヨーカーの横顔を描く短編のほか小説も発表、自らの半生を描く『ドリンキング・ライフ』、歴史小説『フォーエヴァー』などがベストセラーとなった。

コラムニストとして活躍していた頃、ピートはプロスペクト公園に面した大きな家に住んでいた。この家は当時から数倍以上値上がりしており、本人も手放したことをしきりに後悔していた。

その点、褐色砂岩のアパートは彼の希望にほぼ沿ったものだった。大きな庭があるし、二階には庭を見下ろすバルコニーがある。唯一の難点は家賃が予算を遥かに超えていることだったが、清水の舞台から飛び降りる覚悟で借りることにした。

わたしたちはここで最後の二年を過ごし、彼がいなくなった後、わたしは長く住んでいたトライベッカのロフトへ戻って、ひとり暮らしをするようになった。

ピートが天に召されたのは二〇二〇年八月五日。わたしは毎月五日になると、花束をもってブルックリンのグリーンウッド墓地を訪ねる。最寄りのキャナル・ストリート駅から墓地へ向かうと、その急行はマンハッタン・ブリッジの上を走ることになり、西側にかかるブルックリン・ブリッジが自然と目に入る。

二〇〇六年、実父の葬式を終えて東京から帰ったわたしは、ピートにその模様を報告した。すると「ぼくはグリーンウッド墓地に入る」といい出した。

一八三八年に創設されたグリーンウッド墓地は一九〇ヘクタールの広大な敷地に湖や丘や庭園をもち、樹木の数だけで七〇〇〇本を数える豊かな自然環境で知られる。歴史上の人物が多く眠っているほか、指揮者のレナード・バーンスタインや画家のジャン＝ミシェル・バスキアなども埋葬されている。それだけに区画《プロット》を買うのは難しいだろう、もう売っていないかもしれないと思っていたのだが、墓地を訪れるアポがすぐ決まり、事務所で会った理事長《プレジデント》はピートの弟で五男デニスの同級生だった。

どこの区画が良いか訊かれると、迷うことなく「ボス・ツイードの近くが良いね」と答えた。

ボス・ツイードことウイリアム・M・ツイードは一九世紀のニューヨーク市政を牛耳った親分。実業家で上院議員だったが、巨額の汚職と収賄など金に貪欲なことで知られ、ついには収監先の牢の中で最期を迎えた人物だった。

デニスの同級生はすぐに三箇所の候補地に案内してくれた。ピートはそのなかから、ツイードの墓にいちばん近い区画を選んだ。なぜ、ボス・ツイードの近くが良いのかと訊かれると、「長くつきあうには悪い奴のほうが話題に尽きないよ」とアイリッシュ特有の冗談を口にしてまわりを笑わせた。

彼が育ったのはこの近所、墓地は遊び場の一つだったという。夜になって閉鎖された墓地に忍び込み、友達と一緒に肝試ししたりしていた。広大な敷地だから、迷うこともあるし、夜になると何が出てくるかわからない。

初めてひとりでピートの墓参りに出かけたとき、わたしは道に迷ってしまった。くねくね曲がる道には標識があることはあるが、同じような樹木が茂り、同じような墓石が並ぶ。すっかり方向を見失った頃には、ゲートは閉まり夕闇が垂れ込めてきた。誰もいない墓地はさすがに気味が悪い。二〇分も経った頃、パトロール・カーが来て、救出された。

「今度は正面入口でツイード墓地へ連れていって欲しいとスタッフに頼めば良いのです」

パトロールの警備員はこう教えてくれた。

翌朝早く、わたしは同じ花束をもって出かけた。正面入口で頼むと、快く引き受けてくれた警備員が、「あそこならぼくの友達がいるところだ」といってハンドルを握った。車のなかで話してみると、彼は墓地の警備責任者《セキュリティー・チーフ》で、ピートのこともよく知っていたし、ピートの墓のすぐ近くに眠る友達のことも話してくれた。

彼の友達マーシャルはニューヨーク市警の刑事だったという。二メートル近い大男だったが、曰く「9・11《ナイン・イレブン》の現場で汚染された空気を吸い込んだのが原因」でがんにかかり五四歳で亡くなった。マーシャルもニューヨークの歴史が大好きだったので、ボス・ツイードの墓に近いところを選んだという。

そういうセキュリティー・チーフも市警の刑事だった。ピートはふたりの元刑事に見守られていることになる。これもボス・ツイードのおかげだろうか。

ブルックリン・ブリッジへの複雑な思いも、この日いらい、だいぶ収まった。地下鉄でマンハッタン・ブリッジを渡りながら、西側のブルックリン・ブリッジを見渡しても、もう哀しい気分に襲われることは少なくなった。

ピートはあそこでわたしを待ってくれていると思えるようになったから。

アローン・アゲイン　最愛の夫ピート・ハミルをなくして――目次

装画・題字　河田ヒロ

アローン・アゲイン　最愛の夫ピート・ハミルをなくして

ピート・ハミル通り

真夏の強烈な太陽が照りつけるなか、ブルックリンの七番街と一二丁目の角に緑色に白抜きの文字が入った細長い標識がつけられた。「ピート・ハミル通り《ウェイ》」。これはゆかりのある場所に彼の名前を冠した通りを残そうという地元ブルックリンの熱意によって誕生した。

ピートが育ったのは七番街三七八番地のテネメントハウス。移民が多く住む安普請の四階建で一階が店舗になっている。ハミル家は最上階二間のアパートに長く住んだ。彼の生まれ育った世界はせいぜいこのまわり五ブロックほどだった。

一九三五年六月二四日、ピートが生まれたのは三ブロック先のメソディスト病院。それから両親は近くのアパートを借りて二回引っ越した末、八年後にこのアパートに落ち着いた。ともに北アイルランド、ベルファスト出身のウイリアム（ビル）とアンのハミル夫妻はともにカソリック教徒。長男の洗礼は近くの「ホーリーネーム教会」で行い、教会附属の小学校に通わせた。とくに母親は敬虔な信者だったので、長男が教会の助修士の手助けをする「アルターボーイ」に選抜されたことはさぞかし誇らしかっただろう。ピートは近くのプロスペクト公園で毎日のように友達と遊び、九丁目のブルックリン公共図書館分館へ行って本を読むようになった。

「四歳になったとき、母さん《マム》がこの図書館へ連れて行ってくれて、『ぞうのババール』という絵本を手に取ってくれたんだ」

ピートはよくこの図書館のことを話した。

一〇歳になる頃にはスティーブンソンの『宝島』やデュマの『モンテ・クリスト伯』や『三銃士』などを貪るように読むようになり、後々まで図書館の本がどれほど外の大きな世界を見せてくれるようになったか語っていた。

「ブルックリン・イーグル」紙の新聞配達を始めたのもこのアパートに住んでいた頃のことだった。一週間一ドル五〇セント。生まれて初めて稼いだお金を全額、母に渡すと五〇セント返してくれた。父が失業したため、母はメソディスト病院で助産師助手として働くようになっていた。一一歳の息子は貧しい家計を少しでも助けたかった。

二〇二一年六月二四日、ピートが生きていたら八六歳の誕生日を迎えていたはずのこの日、「ピート・ハミル通り」の建立を記念するささやかな会が開かれた。

一二丁目の交通を遮断してつくられた会場には、近所の友達やその兄弟から子供までが顔を揃えた。一緒にメキシコへ行った親友はすでに他界していたし、同じバーで飲み明かした多くの友達の顔も見当たらなかったが、新聞記者時代の後輩など集まった人数は三〇〇人を超えた。なかには見覚えのある顔もたくさんあって、再会を喜び合った。コロナウイルスの嵐が吹き荒れた前年からほとんど誰も外出することがなかったので、この会はピートの知り合いに会える久しぶりのイベントになった。それだけに集まった友人たちは満面の笑みを浮かべながら、ピートが地元に帰ってきたと喜んでくれた。

アイリッシュはどこでも大家族で有名だが、ハミル家もご多分に漏れず、ピートは七人兄弟の長男だった。父のビル・ハミルは米国へ移民してきてからサッカーの試合で怪我して、左足を失っていた。そのために家計はいつも苦しく、高校を中退して働くようになったピートが五人の弟と妹の父親代わりを務めるようになった。学費を出したり、家賃やガス・電気代の心配をしたり、失恋から離婚まで相談にのった。

彼は友達に頼まれたことも気持ちよく引き受け、よく助けた。後輩が読んでくれといってきたものには必ず目を通し、赤ペンで手を入れてからアドバイスしていた。新人記者が署名原稿を初めて書くと、それがどれほど後ろのページで小さなものであっても必ず読んで「おめでとう!」と手紙やメール、電話などで連絡を入れた。「ニューヨーク・ポスト」紙をクビになったと相談に行ったらライバル紙の「デイリー・ニユーズ」紙に声をかけてくれたのでまた働けた、といった声を聞くことも珍しくなかった。

やけに静かに仕事をしていると思ったら、居間のカウチに座って友人の書き下ろし原稿に手を入れているなんてことはしょっちゅうだった。また、自分が読んで感動した本があると、知らない著者でも長い感想を手紙で書き送り、後輩にあたる場合には激励した。手紙を出したことによって親しい友達になった作家も多い。彼の友達は新聞記者や作家だけでなく、映画関係者やハリウッドのスター、テレビのキャスター、ロック歌手、野球選手、ボクシング関係者など数えきれなかった。たまにはそういう関係者から映画出演を頼まれることもあるのだが、彼の役柄はいつも決まって新聞記者。それでも、「ジョージ・クルーニーは前から知っているので断れなかった」などと言い訳めいたことをいいながら撮影へ出かけていくのだった。

理髪店やコーヒー・ショップで働く移民たち、アパートの用務員とか駐車場の受付係といった隣人たちとも友達のようにつき合った。そういえば、わたしたちがグリニッチ・ヴィレッジのホレーショ通りに住んでいたころ、アパートの家賃が急に高くなったので引っ越ししようとしていた時の話。わたしが近所の行きつけの店へ買い物に行くと、顔見知りの大人の男性が周囲の目もはばからず大泣きしていた。ピートが引っ越していなくなるからと泣いているのだった。なんでも駐車場で働く彼は数ヵ月前、馬鹿なことをしてクビになりそうになったところ、ピートが経営者に手紙を書いて、もう一度、働くチャンスをあげるよう頼んでくれた。そのために首が繋がったというのだった。

こういうことを日本では一視同仁というのだろう。

「ピート・ハミル通り」の標識を見上げながら、わたしは彼と結婚していた三三年と三ヵ月を振り返る思いだった。いまもピートがなぜ、わたしと結婚しようと思ったのか不思議に思えるときがある。

大地が動いた

なぜ、あの日に地震が起こったのだろうか。

一九八四年三月六日、東京丸の内のパレスホテル一階にある広いラウンジでピート・ハミルにインタビューしている最中のことだった。

振り子のような横揺れが始まり、ラウンジ内の人たちも一斉に立ち上がった。向かいに座るアメリカ人作家は、ほとんど地震のないニューヨークから来ている。どう反応するだろうか。わたしはかなり冷静に観察していた気がする。

それから三年後にわたしたちは結婚することになるのだが、

「どうやってフキコと知り合ったのか?」

と訊かれるたびに(そう訊かれることは実に多かった)、

「なんと大地が動いたんだよ」

と答え、意味ありげに嬉しそうな顔をして、

「だから、ぼくはフキコを抱えて外に連れ出し、大丈夫だよといって安心させたんだ」

というのだった。

とんでもない。わたしは初めて彼に会ってインタビューを始めたところだったのだ。地震が起こったのは一七分後、あとで調べてみると震度四の結構大きな地震だった。揺れがおさまるのを待ってインタビューを続けた。


彼は、わたしが持参した二冊の自著『ライカでグッドバイ――カメラマン沢田教一が撃たれた日』と『アメリアを探せ――甦る女流飛行家伝説』を手にとってじっくり眺めてから、「ぼくの友達のシャーリー・マクレーンが長いこと、アメリア・イヤハートの映画を作りたいといっていたので、台本を書こうとしたことがあったよ」といった。『アメリアを探せ』は、太平洋に忽然と消えたアメリカの女流飛行家アメリア・イヤハート失踪の謎を追った本だった。

「それはいつのことですか」

「はっきりしないが、かれこれ一〇年くらい前だろうね。彼女はもうアメリアの役を演じるのに年を取りすぎただろう」

「ロザリンド・ラッセルの映画がありましたね」

「あれはひどい映画だ。ヒステリカルで笑っちゃうよ。たしかアメリアは日本軍に捕まって、最後には雲のなかに消えていくんじゃなかったかな」

ピート・ハミルの話す言葉はわかりやすく、わたしのしどろもどろの英語もよく理解してくれた。初めから打ち解けた感じで話が弾んだので、ベトナムへ行って戦争取材をしたか尋ねると、六六年と六七年の二回、計一〇ヵ月を特派員として従軍したと答えた。

「戦争はドラッグみたいなものさ」

こういってニヤッと笑顔を見せると、

「でも、ぼくはいわゆる戦争志向のライターになりたくなかった。つまり戦争を商売にしたくなかった。ベトナムではいつも自分がたんなる旅行者としか思えなかった」と語り、「いつでも帰れるところがある自分に、後ろめたいものを感じた」と続けた。

「朝起きてから死者の出るような激しい戦闘を取材して、夕方サイゴンに帰ってくるとホテルでビッグ・ディナーにありつく。そんな毎日にとても耐えられなかった」

沢田教一の本の取材で、わたしはベトナム戦争を第一線で報道した多くの記者やカメラマンに会うことができた。取材を申し込むと日本から来たライターに喜んで会ってくれて、従軍の経験を雄弁に語ってくれた。しかし、戦争報道に後ろめたいものを感じたという言葉は聞いたことがなかった。夕方サイゴンでボリュームたっぷりのディナーにありつくことは聞いていたが、そんな毎日にとても耐えられなかったというピートの言葉に驚いた。

インタビューが終わるとラウンジの外の庭に出て、コラムに使う彼の写真を撮影した。ピートはこのこととあの地震を一緒にして、わたしたちの出会いをドラマチックなものに作り替え、みんなを楽しませているのだった。

「大地が動いた」というのは、ヘミングウエイの『誰がために鐘は鳴る』の有名な場面に出てくる言葉だ。

スペイン内戦の義勇兵であるアメリカ人のジョーダンが、共和国側のゲリラ部隊にいた若い娘マリアとヒースの草原のなかで愛し合ったとき、「大地が下からすべりだし、二人は宙に浮かんだとジョーダンは感じた」とヘミングウエイは書いている。

ふたりは手を繋いで歩きはじめ、こう話しあったと続く。


「あなた、大勢の女を愛してきたんでしょう」

「数えるくらいさ。でも、きみほど愛した女はいなかった」

「じゃ、あのときも、さっきのあたしたちみたいじゃなかったのね？　本当のことを言って」

「どの女とも、付き合っているあいだは楽しかったな。でも、こんなふうじゃなかった」

「で、あたしとのときには大地が動いたのね。以前は、そんなこと一度もなかった？」

「なかったよ。本当に、一度も」

「よかった。あたしたち、たった一日でそうなったんですもの」

（『誰がために鐘は鳴る〔上〕』新潮文庫、高見浩訳）

彼は米国へ帰るとすぐ手紙をくれた。わたしが近いうちニューヨークへ行くかもしれないといったのを覚えていてくれたようだ。「DAILY NEWS」の少し小さめの封筒が届いたのは、一ヵ月後のこと。開けてみると、「Dear Fukiko」ときちんとタイプされたもので、
〈日本にいる時、私に会うために時間をとってくださってありがとうございました。とても素晴らしい旅でした。おそらくこれまでのもっとも楽しかった旅の一つです。この旅を何より素晴らしくしたのはたくさんの興味ある人々に会えたからです。
これからも連絡をください。もし、あなたがニューヨークへ来る時には、是非、知らせてください。私たちはディナーを一緒にするか、あるいは一緒に歩くことができるでしょう〉
わたしはまず取材相手から手紙が届いたことに驚いたが、それ以上に最後の言葉に思わず笑ってしまった。「一緒に歩く」。五〇歳近い大人が一緒に歩きましょうだなんて、どんな意味かしら……。

今から思えば、あの地震は本当にわたしたちの「大地」を動かしたのだ。

翌日、わたしはニューヨークへ行って仕事しないか、と打診された。「ニューズウィーク日本版」の創刊に先立ち、ニューヨーク支局で働かないか、と。ニューヨークに住みたいと思っていたわたしには思いがけない誘いだった。それもニューヨークのジャーナリズムの表舞台で働かないかという、自分の予想を遥かに超えたオファーだった。

君がニューヨークに来るなんて

ピートからの手紙に、わたしはなかなか返事を出せなかった。突然、ニューズウィーク日本版の話が持ち上がったので、ニューヨーク行きはその仕事次第になったからだ。わたしに声をかけてくれたのは、ニューズウィーク日本版の創刊を進めていたTBSブリタニカ社。マディソン街のニューズウィーク本社内に支局をつくり、東京の編集部とのパイプ役になる人を探しているという話だった。

わたしは大学を出てから音楽専門誌を経て週刊誌で働き、その後、短期間渡米。帰ってきてからベトナム戦争を撮影した沢田教一の取材を始め、三年後の一九八一年には初の自著『ライカでグッドバイ』を発表した。二冊目となる自著『アメリアを探せ』を八三年に出した後しばらくニューヨークに住んで、米国のことやニューヨークのことを書く仕事をしたいと思っていた。だから、こんなオファーをもらえたことが信じられなかった。ニューヨークに住んで、しかも米国トップのニュース週刊誌というジャーナリズムのなかに飛びこんで働けるというのも、たまらない魅力だった。

しかし、これから創刊する日本版の支局づくりというと、本来の仕事である取材や執筆からかけ離れた仕事に携わることになる。ニューズウィーク本体のスタッフと現場で折衝し、支局のスタッフを雇って管理することになる。まさにマネジメントの仕事ではないか――。

はたしてそんな仕事がわたしにできるだろうか。なによりわたしの英語力では不十分なのではないか。とはいえ、ニューヨークに住めるという誘惑には勝てないものがあった。

ＴＢＳブリタニカ側も、三五歳の女性ライターをニューヨークへ送って大丈夫か、案じていたのだろう。このプロジェクトはＴＢＳブリタニカの親会社であるサントリー佐治敬三社長（当時）の発案だったので、作家の開高健さんやニューズウィークのメアリー・ロード東京支局長による面接を経て、わたしをニューヨークへ送り出すゴーサインが正式に出た。

そこで、ようやくピートへ返事を書いた。あの頃、国際電話は高かったし、電報もよほどの急用でないと使えなかった。

ピートから返事が来たのは七月。封筒には七月四日の消印があって、二枚の紙にびっしりタイプした長い手紙が入っていた。

〈なんて良いニュースだろうか！　君がここニューヨークに数年いるということは素晴らしいことだ。君も興奮しているだろう。再び会えることになって嬉しい。君との出会いは奇妙なものだった。というのも、君のことを前から知っていたように感じたし、あるいはまたいつか知り合うだろうという気がしたんだ。そういうことがどう起こるのか知らないが、それは起こったし、いま、ぼくは君ともうすぐ会えることを知ってハッピーだ〉

わたしはピートの手放しの喜びように圧倒される思いだった。丸の内のパレスホテルでスムーズな会話ができたのは事実だった。なんだか気が合うという感じは確かにあった。しかし、ピートがそこまでわたしとの繋がりを感じていたとは思いもしなかった。あのピート・ハミルがそんなことを感じていたなんて、まさか――。

彼は英語のことは心配するなと励ましてくれた。君は今でもとてもクリアで簡潔に話すし、渡米してもっと時間がたてば英語力がつくのを感じるだろう。

〈これからニューヨークへ来る間にも映画を見て、会話をよく聞き、自分で訓練することだね。それから、歌を聴くこと。とくにはっきり発音して歌う歌手、たとえばフランク・シナトラとかリンダ・ロンシュタット、彼女のアルバム「WHAT'S NEW」なんか良いね。それからマンガを読むことも役立つと思うよ〉

続けて、もっとも難しいのはアパートを見つけることだろう、と書いてあった。ニューヨークの建設ラッシュが始まる前だったので、アパート不足は深刻な問題だった。

とはいえ、日本人をサポートするための文化事業も増えたし、レストランもたくさんある。日本のテレビ番組も見られるし、その日の新聞も読むことができる。

〈でも、君にとってもう一つ大切なことは本当のニューヨークを知ることだ。マンハッタンだけでない。五郡全部だ。ぼくは君をそんな地域に案内するツアーをもう計画している。もちろん、この街は危険だよ。でも君は危険に遭わないにはどう対処したら良いかすぐに学ぶだろう。あまり心配したり、恐れたり、パラノイアに陥ったりしたら、この街を楽しめなくなる。だから、怖い話を恐れないことだ。この街はまだ偉大な素晴らしい街だ。君が見たこともないこの街を案内するのが今から楽しみだ〉

ここからピートは少し仕事の話に移って、こう続けた。

〈もし、君がエディターと一緒に働くことになるなら、多くの作家や編集者に引き合わせることで、君を助けることができるだろう。ぼくはニューヨークのエディター全員を知っているわけではないが、もっとも有能なエディターのほとんどを知っているし、たくさんのジャーナリストも知っている。ここに着いたら、ゆっくり話そう〉

質問があれば、いつでも連絡してくれと書いてある。もし、八月に来るのなら、ここハンプトンに来てぼくの家のプールで泳いだり、浜辺を歩いたり、仕事で夏場を過ごす作家たちに会うこともできると続け、電話番号を記してくれた。

羽田を発ったのは八月一一日、彼は空港まで迎えにきてくれると書いてきたが、わたしは辞退した。上司と一緒のビジネス・トリップである。翌日から連日、マディソン街四四四番地にあるニューズウィーク本社のオフィスで編集長やデスクなどと会議や打ち合わせ、これから助けてくれる現地スタッフとの顔合わせやランチ、ディナーが続いた。

ピートにようやく会えたのは一九日の日曜日、彼はニッサン・フェアレディZ（米国ではダットサンと呼んだ）で迎えにきてくれて、まずはマンハッタンをぐるっと回ってから、グリニッチ・ヴィレッジにある「ライオンズ・ヘッド」へ連れて行ってくれた。新聞記者が多く集まるバー兼レストラン。階段を数段降りて半地下の店へ入ると、広いバーカウンターがあって大きなライオンの彫像が壁面から顔を出している。左側の壁には常連の出した本の表紙が額に入れて飾ってあった。ピート・ハミルの本も、たしか『フレッシュ・アンド・ブラッド』（邦題『ボクサー』）が飾られていたと思う。

ピートが店に入ると、誰もが「やあ」といって声をかけてきた。まだディナーには早い時間帯だったので客も少なかった。いかにもマスコミ関係の溜まり場という感じの古い店で、タバコと酒のにおいが染み付いていた。

「ぼくは酒を止めてもう一〇年以上になる」

といってピートはダイエット・ペプシを注文した。

わたしはお酒に弱くて飲めないというと、すっかり安心したような顔つきで、

「ぼくは王冠ごと返上してリタイアしたんだよ。飲んでいると仕事ができないからね」

いかにも昔はよく飲んだらしい。奥のテーブルにつくと、知り合いの新聞記者が同席してきて野球の話ですっかり盛り上がった。わたしにはさっぱりわからなかったが、よく頷き、よく喋る元気なピートはリラックスして本来の顔を見せているようだった。

ぼくの家へ行こう

ケネディ空港の雑踏のなかで立ったまま本を読んでいるピートの姿が、今でもわたしの瞼に焼き付いている。

一九八四年九月、東京で借りていたアパートを引き払い、自分の本やレコード、衣類などほとんどの所持品を整理してスーツケース二つで海を越えてきたわたしを、ピートは約束どおり、ケネディ空港へ迎えに来てくれていた。といって、待ち人を探すでもなく、到着した旅行者と迎えの人たちで大混乱の空港ロビーで、下を向いたまま本を読んでいた。わたしが声をかけると驚いたように顔を上げ、しっかりハグしてきた。

「実は、昨晩一時にロサンゼルスから戻ったんだよ」

なんでもわたしの到着便名を書いたメモをなくしたので、朝一一時着の日本航空便に駆けつけ、わたしがいないとわかるとマンハッタンに戻ってから、また夕方にケネディ空港へ来てパンナム便を待ってくれていたというのだった。マンハッタンから往復二時間以上はかかるというのに。

「ぼくの家へ行こう」

彼の運転するダットサンはケネディ空港からクイーンズを抜けてロングアイランドへ向かった。

ウエストハンプトン・ビーチにあったのは緑のなかに佇む二階建で、作家らしい小ぢんまりした家だった。芝生の庭には木立に囲まれたプールがあった。緑いっぱいの新鮮な空気を胸いっぱい吸ってみる。ニューヨークの騒音からは程遠い、別世界だった。

家に入ると牧羊犬《シープドッグ》に似た雑種の犬が一匹と猫が数匹駆け寄ってきた。いちばんに目についたのは、そこかしこに本棚があって本が積み上げてあることだった。トイレは読みかけの本と雑誌でいっぱい。二階の仕事部屋には大きい長い机があって、そこも本の山。地下室には書庫があった。もちろん本棚とキャビネットが所狭しと並び、本と資料が積み重なっている。

「あれはヘミングウエイの棚だよ」

ピートは一階の居間にある書棚を指してこういった。右側のひと棚すべてがヘミングウエイ、すごいコレクションなのだろう。隣の棚にはノーマン・メイラー、ヘンリー・ジェームズ、アーウイン・ショーなど。アイルランドのセクションにはジェームズ・ジョイス、W・B・イエーツ、A・J・リーブリングが並び、別の棚にはジョージ・オーウエルやアルベール・カミュがたくさんあったので、たぶん、好きな作家なのだろう。日本関係のエドワード・サイデンステッカーやドナルド・キーンの本もある。

トイレに入ると長い間出てこないことがあった。そこには本が何冊も積んであって、どうやら後ろのページから読んでいるような形跡もあった。

一階の居間の壁にはメキシコで買ってきたという大きな木彫りのマスクがいくつも飾ってあった。ルチャ・リブレというメキシコのプロレスラーがかぶっているマスクもたくさんあった。その横には赤茶色の肌のインディアンらしい人物の彫刻を描いた大きな絵が数枚飾られてあった。ズニガというメキシコ人画家が描いたものだという。独特の土の色とにおいが漂うようで、いわゆる西洋絵画とはまったく違うものだった。

翌朝、ついにふたりで「散歩」した。ロングアイランドの海は広く、輝いていた。薄茶色の細かい砂の浜辺の向こうに、太平洋とも地中海とも違う広大なアメリカの海が広がっていた。

海辺に沿ってビーチハウスが建ち並んでいる。まるで米国の富を象徴するような豪邸も多く、絵葉書のような眺めだったが、

「ハリケーンが来ると、あの家も流されてなくなってしまうんだ」

とピートはいい、海の先に手を向けてこう続けた。

「この先はメキシコだよ」

大西洋の先はアイルランドではないだろうか。しかし、南向きであればメキシコに繋がっている。彼の母方の祖父は船会社に働くアイルランド人技師だったことを後に知ることになるが、その祖父の影響を受けたのか、ピートは海が好きで、海は自分に自由を与えてくれると信じていた。そして、メキシコがいつも彼の頭のなかにあった。

朝食は近くのレストランへ食べに行った。

「卵三つ、サニーサイド・アップにして、カリカリのベーコンとたっぷりのポテトを添えてくれ。もちろん、トーストだ」

ピートはウエイトレスに大きな声でこう注文した。

「ぼくは朝食が大好きなんだ」

といいながら、〝日当たりの良い〟黄身を上にした目玉焼きを平らげた。お腹は突き出て、肥満体であることは隠せない。お酒を止めてから甘いものに手が伸びるようになって、夜は夕食代わりにチョコレートのついたドーナツを一箱も平らげたり、チーズケーキで済ませるといういかにも独身男の食生活が続いているらしい。

お昼も外へ食べにいこうというので、わたしは冷蔵庫を開けてみた。卵とキャベツなどが入っていた。それを使って野菜のシチューを作ってみた。ブイヨンがなかった

ので、かなりひどい代物になってしまったが、

「リアル・フード！」

とピートは大喜び。

「これからここにいて、食事を作ってくれるといいんだけど……」

そっと口にしたので、聞こえないふりをした。


四日後の日曜日、雨が上がって急に気温が下がり、美しい秋の始まりを感じさせた。西七二丁目でピートと待ち合わせ、五番街で開かれていたブック・フェアを覗く。「ハード・ロック・カフェ」でランチにすると、彼は初めてわたしがこれまでに結婚したことがあるかと聞いてきた。首を横にふると、

「ぼくは一四年前に離婚した」

と話し始めた。

「前妻はいま、大学に通っている。彼女は作家にとって自分の時間が必要だということを理解しなかったんだ……」

彼女との間にはふたりの娘がいて、ひとりはコロラドに、ひとりはアリゾナの大学にいるということだった。なんでもピートが親権をもつので、その娘たちとはよく会うらしい。というより、娘たちの帰る場所はピートの家だった。

コロンブス・デー（コロンブスによる米大陸発見を祝う日）の祭日後、夕方に「ハンプトン・ジットニー」というバスに初めて乗ってロングアイランドへ向かった。およそ一時間半、ウエストハンプトン・ビーチに着くと、暗闇の駐車場にピートのダットサンが停まっていた。家に着くと犬や猫たちの大歓迎を受ける。

翌朝、寝坊してしまうとピートの仕事部屋からタイプライターの音が聞こえてきた。まるで機関銃を撃つかのような大きな音で書きまくっている。大音響は二本指でタイプを打つからだった。表で物音がすると彼はわたしのところまで耳打ちにきた。

「上の娘が帰ってきたよ」

キッチンに降りていくと背の高い大柄な若い女の子がいた。

「ハーイ！　エイジュリンよ」

こういうとにこやかに大きな手で握手してきた。

「お母さんはプエルトリコ人なの。でも、わたしは最近、ダディのアイルランド人にどんどん近づいてきたみたい」

そういわれてみれば、確かにブラウンの肌でラテン系の顔つきだった。でも目元のあたりが父親に似ている。なんでもコロラドからひとりでピックアップ・トラックを運転して大陸横断、数日かかってニューヨークへ戻ってきたという。どうも大学は途中であきらめたらしく、本当はハワイの大学へ行きたかったけれど、ダディが遠すぎるといって承知してくれなかったとか、コロラドは好きになれなかったなど言い訳めいたことを口にしている。でも、気の良さそうなところはピートに似ていた。

相談もなく突然、帰ってきた娘にピートは頭を抱えたらしい。

「これだけ働いているのは、ふたりを大学へやるためなのに……」

喘ぐようにつぶやいていた。ピート本人は家計を助けようとして高校を中退しただけに、ふたりの娘には大学で学位を取らせたいと思っていたに違いない。

それにしても、あれだけがむしゃらに仕事に打ち込んでいた原動力はいったいどこにあったのだろう。

家計を支えるため、子どもたちの学費を稼ぐため――。それ以上に彼を突き動かしていたものがあったのではないか、と今になってわたしは思う。生涯にわたってピートの心の奥底で炎を燃やし続けていたものは何だったのだろうか。

靴底に開いた大きな穴

「いったい、誰がこんなにすごいライナー・ノーツを書いたんだろう！」

東京で音楽記者をしていた頃のこと。発売されて間もない、ボブ・ディランの『血の轍《わだち》』のテスト版をレコード会社からもらったわたしは、食い入るように解説文を読み、思わずため息をついた。それを書いたのがピートだとわかったのは、ずいぶん経ってからのことだった。ちなみに、このライナー・ノーツはグラミー賞を取っている。

ピートのもとには数えきれないほどの賞状があったけれど、彼にはそういうものを壁に飾る趣味がなかったので、大半はクローゼットや倉庫にしまい込まれたままだった。

どんなに立派な賞をもらってもけっしてひけらかすようなことはなかったが、彼の人生において、とても大きな意味をもつ賞状が二つある。「リージス高校」の卒業証書、そして「セント・ジョンズ大学」の博士号を授与された時のものだ。

高校も出ていないピートが突然、博士号を授与されたのは、七五歳のときだった。セント・ジョンズ大学は一八七〇年に設立されたカソリック系の名門で、賞状には「ピート・ハミルの傑出した業績に対して五月一五日、この称号を授ける」と記されている。

この日、ニューヨーク市クイーンズ地区にある大学のキャンパスに招かれたピートは、ほかの卒業生たちと同じ黒いガウンに帽子という出立ちで博士号を受け取ると、彼らの前でスピーチをした。

「私は高校もドロップアウトしたのに、博士号をいただき……」というなり、数百名の大きな拍手が沸き起こった。

それから約五週間後。母校であるリージス高校へ招かれ、一九五三年の卒業証書を受け取ることになった。博士号を授与されたのち、晴れて高校の卒業も認められたのである。

ピートは成績優秀だった。小学校時代の成績表を見ると、最高点の「A」がずらっと並ぶ。とくに英語、美術（線画）、エチケット（行儀）は一〇〇点満点。少数の選ばれた生徒だけに与えられる奨学金を得て、ブルックリンから地下鉄で一時間半近くかけてマンハッタンのパーク街東八四丁目にあるリージス高校へ通った。

リージス高校といえばイエズス会系の名門で、ほとんどの生徒がマンハッタンに住む上位中産階級《アッパーミドルクラス》――つまり、裕福な家庭に育った子弟だった。ブルックリン出身のピートは、そんな異世界に足を踏み入れてさぞかし面食らったことだろう。

「あの日は雨が降っていてずぶ濡れだった……」

当時のことはあまり思い出したくない様子のピートだったが、時たま、わたしに語ってくれたことがある。

「履き古した革靴の底には結構大きな穴が開いていたんだ。でも、もちろん新しい革靴なんて買えなかったからね。レキシントン街から学校へ着く頃には、靴はすっかりぐしょぐしょ。靴底の穴をふさいであったボール紙は用をなさなくなっていた」

高校のロッカールームへ着くなりベンチに腰かけ、靴を脱ぐ。穴を塞ぐためにゴミ箱からボール紙を拾い出して穴に当てるためにちぎろうとしていた。

「そこへ三年生がふたりやってきて、僕の靴を笑った。穴の開いた靴を笑ったんだよ！」

こう話すピートの顔は上気していて、当時の屈辱を噛みしめるかのようだった。

その日の授業が終わるなり、彼は出口でじっと待ち、嘲笑した上級生のひとりを見つけると強烈なパンチを浴びせたという。相手が血を流して路上に伸びている間に退散し、この事件がリージス高校を退学するきっかけになった。

「とにかく、ぼくはセント・ジョンズ大学の博士号をもらってから、リージス高校の卒業証書を受け取ったんだ」

これがピートの自慢だった。

頼まれるとイヤといえない性格のピートは、たくさんの講演会に招かれあちこちへ足を運んだ。ほかの仕事でどんなに忙しくしていても、できる限り時間をさこうと最大限の努力をした。

とにかく話が上手く、よく通る声でジョークを連発して会場を沸かせる。聴衆の多くがシニア世代で、一九六〇年代にピートがニューヨーク・ポスト紙にコラムを書いていた頃からのファンも少なくない。

靴底に開いた穴をもつピートの気持ちを彼らは深く理解した。靴底に開いた穴を嘲笑う上級生たちへの怒りを共有した。その怒りの根幹には貧しさ以上の何かがあった。差別された者でないと、わからない怒り。「世の中は公正でなくてはならない」という真摯な思い。しかし、実際には「公正でないこと」が横行するばかりで、権威が大手をふる。その権威とは、実は尊敬に値するものではないことが明らかになったとピートはいいたかったのだろう。


「戦争に行くのは若者と相場が決まっている……世界のありとあらゆる国で大人たちは若者に他国の若者を殺すことを教えてきた。銃とスローガンを与え、それを正しい道、尊い行いと説いてきた」

（一九六五年一二月二日、ニューヨーク・ポスト紙）

六〇年代から七〇年代に書かれたピートのコラムを読み返すと、怒りをぶちまける彼の息遣いまでが伝わってくる。

「ニクソン大統領を弾劾せよ」

一九七〇年五月、オハイオ州のケント州立大学で反戦を訴える四人の学生が殺された時にも、ピートははっきりと声を上げた。

彼のコラムを読んだ副大統領のスピロ・アグニューは「ピート・ハミルの言っていることは理性のかけらもない戯言《イラショナル・レイビングス》」と怒り狂い、七〇年代中盤にニクソン政権下でつくられ、のちに有名になった「政敵マスター・リスト」にはグレゴリー・ペック、スティーブ・マックイーンなどに並んでピート・ハミルの名前が載った。

「あのリストに入っていたのは名誉だった！　入っていなかったら、ちゃんと発言していなかったも同然だからね」

のちにわかったことだが、ピートは「ニュージャーナリズム」という言葉を使い始めた先駆者のひとりでもあった。

「プレイボーイのライバル誌として始めたナゲットという雑誌の編集長と話している時、『ニュージャーナリズムという特集をしたらどうだろうか』とぼくが提案したんだ。ゲイ・タリーズとか、トム・ウルフなどを含めて。でも結局、記事にはならなかった。一九六五年から六六年の頃だったと思う」

ピートはいつだって自ら現場へ足を運んでは、市井の人々の声なき声を一つひとつ丁寧に拾い集め、表情たっぷりに書き入れた。そのコラムを読んで、「ピートはジャーナリズムに文学を取り込んだ」と評したのはアイルランド人作家のコラム・マッキャンだったが、それこそがニュージャーナリズムの始まりだったといえるのだろう。『血の轍』のライナー・ノーツを改めて読み返してみると、ピートがその詩をどれほど深く理解し、〝あの時代を生き延びた声〟として捉えていたかがわかる。ボブ・ディランとはプライベートでも親しくつきあっていたというが、ふたりの心に通底していたものもまた、「怒り」だったのではないか……。

ボブ・ディランやローリングストーンズに並んで、数多のジャズのLPレコードを仕事部屋に置いていたピート。原稿をタイプする、あの機関銃のような音のバックにはいつもチャーリー・パーカーの曲が流れていた。

伝説のチェルシー・ホテル

ピートはウエストハンプトンの家のほかに、市内西二三丁目にあるチェルシー・ホテルに部屋を借りていた。アーティストやミュージシャンが多く住む伝説的な古いホテルで、マリファナのにおいが漂い、いかにもヒッピー崩れや昔のビートニクの成れの果てみたいな人たちが住んでいた。

入口から入ってホテル・カウンターのある部屋には、抽象画のような大きな絵がいくつも壁を飾っていた。ピートによると家賃の払えなくなったアーティストが置いていったものだという。ここにはジミ・ヘンドリクスもジャニス・ジョプリンも泊まっていたし、ボブ・ディランもパティ・スミスも住んでいたというから、その時代の音楽に感化されたわたしにとっては憧れの場所だった。

さらにアーサー・C・クラークが小説『2001年宇宙の旅』を執筆した場所であ

り、一九六〇年から住んだアーサー・ミラーはチェルシー・ホテルについてのエッセイも残している。一度は行ってみたいと思っていたチェルシー・ホテルに今わたしはいるのだ！

ピートはなかなか居心地の良い部屋を月極めで借りていた。彼はここで一緒に住んでも良いといってくれたが、わたしは日本の出版社から派遣されて米国に来ている。ニューヨーク・タイムズ紙で東三八丁目のドーラルタワーというホテルが長期滞在者用の部屋を貸しているという広告を見つけた。訪ねてみると、家賃も部屋の広さもちょうど良かったので、自分のアパートが決まるまで仮の住まいにすることにした。

チェルシーからスーツケースを持って移り、ドーラルタワーで荷解きを終えた頃、ピートが電話をくれた。

「チェルシーは、ちょっと君にはファンキーだったみたいだね」

と笑っていた。わたしが相談もせずに引っ越したことに驚いたのだろう。

数時間後、ドーラルタワーに現れたピートはすっかりドレスアップして別人のようだった。グレイのスーツにネクタイを締め、革のブリーフケースを抱えている。

ミッドタウンの友人のアパートに寄るというので付いていくと、豪華な作りの堂々とした住まいだった。誰のものかと思ったら、映画監督ウイリアム・フリードキンのアパートだという。ピートは原稿を渡すために寄ったらしく、出てきた人にほんの一言二言話しただけ。どうも映画台本を頼まれて一緒に仕事をしているらしい。

それからリムジンに乗って七二丁目まで行くと、映画館のまわりにテレビ中継車が何台も停まり、長いポールの上から照らすライトで真昼のように明るい。カメラマンや記者らしき人物、駆けつけた群衆などで大変な騒ぎでごった返していた。ミロス・フォアマン監督の映画『アマデウス』の世界初プレミア（ニューヨークとハリウッドでこの日上映）だった。

リムジンが入口に停まると、赤いカーペットが会場の奥までずっと続き、まるでテレビで見たそのままにセレブリティがリムジンから降りて、集まった取材陣に手を振ったり、笑顔を見せたりしながら歩いていく。カメラのフラッシュが立て続けに音をたてる。

こんなところへ来てしまうとは思ってもみなかったので、わたしは東京で買ったベージュのパンツスーツ姿。困った、と思ってももう遅かった。

ピートとふたりでそんな赤いカーペットの上に立つと、緊張で体がこわばるようだった。彼がしっかり手を繋いでくれていたので、一歩一歩、転ばずに歩く。ピートと呼びかける声も聞こえたが、すぐに次のセレブリティが到着して、全員そちらのほうへ集中してくれたのでほっとした。

ピートは映画台本の仕事もしているので、こういうプレミアの招待状も受け取るらしい。

「映画の仕事ではお金を稼げるけど、書いた台本が映画になることはほとんどないといってもいい。だから、台本の仕事は消耗でしかないんだよ……」

スコット・フィッツジェラルドは『グレート・ギャツビー』を書いてからも、まだ映画の脚本を書いていたとピートは続けた。物書きとして生活するのは容易ではないといいたかったのだろう。

映画が終わるとふたりともすっかりお腹がすいていたので、東八八丁目にあるレストラン・バー「イレインズ」へ行った。イレインというのはこの店のオーナーの女主人ですごく大柄な人。ピートの顔を見ると、嬉しそうな笑顔を見せた。「むかし新聞がストライキに入った頃、イレインが新聞記者にただで飯を食わせてくれたので人気になったんだ」とピート。

この店はウディ・アレンの映画『マンハッタン』の冒頭に現れる店でもある。ウディ・アレン（監督と主演）が年若いマリエル・ヘミングウエイと食事しているシーンだ。それくらい、ここはセレブリティが集まることで知られる。この晩はピートの弟でカメラマンの三男ブライアンがガールフレンドと一緒に来ていた。デニスという名の映画俳優と五人で一緒にテーブルを囲んだ。

「チェルシーを引き払って、マンハッタンで一緒に部屋を借りよう」とピートが提案してきたのもこの頃のことだった。

しかし、わたしの仕事は時に深夜から早朝までかかった。ニューヨークと東京のオフィスを結ぶ電話回線がよく切れるので、ラインテストを繰り返さなくてはならなかった。電話回線が切れると送稿できなくなる。ニュース週刊誌にとって回線の確保は命綱だった。ニューヨークから太平洋を越え、東京へ繋がる回線のなかで、いつも切れるのはニューヨーク市内。マンハッタン島の岩盤の上に建つこの古い街のどこかで問題が発生するから見守っていなければならない。

一方、ピートのほうもますます多忙になってきた。「イレインズ」に行った翌週にはラジオ・シティ・ミュージック・ホールで開かれるダイアナ・ロスのショーに連れていってくれるといっていたが、前日になって行けなくなったと連絡してきた。

数日後、ドーラルタワーの部屋へ帰宅すると、ピートから手紙が届いていた。翌土曜日にロンドンへ発つことになったと書いてあった。ウイリアム・フリードキンの映画台本を仕上げるため、ロンドンへ向かい、そこからマイアミ行きの客船ノルウエイ号に乗り込むというのだ。帰ってくるのは二週間も先というではないか。

それからしばらく、オフィスとホテルを往復するだけの日々が続いた。ある日の夕方、仕事の合間に五番街へ出て書店へ寄ってみた。五番街には当時、五六丁目に「ダブルデイ」があり、四九丁目には「スクリブナー」があった。両方とも堂々たる構えの昔ながらの書店だった。オフィスから近いこともあって、わたしはスクリブナー書店へ足を向けた。二〇世紀初頭に建てられた堅固な一〇階建、出版社スクリブナー&

サンのビルで、一九世紀にフランスで流行った大きなアーチ型の入口や窓ガラスが目を引く。一、二階がブックストアになっていて、店構えも書棚も歴史と伝統を感じさせた。

わたしはピート・ハミルの本を捜してみた。どの本がどこに陳列されているかと思って見回してみたが、どうやっても見つからない。日本でベストセラーになった短編集『ニューヨーク・スケッチブック』は米国では『ザ・インビジブル・シティ』という題名だったが、それは見つからず、『ザ・ギフト』（邦題『ブルックリン物語』）や『フレッシュ・アンド・ブラッド』もなかった。

いったい、どういうことなのだろう。あれだけよく仕事をしているのに、映画台本に手をとられ、新聞のコラムは書いていないし、新刊も出ていない。もっと時間もエネルギーも貯めて、良い本を書かなくてはいけない。あれだけ才能のある人なのに、あまりにももったいないではないか。誰かが彼に、存分に執筆できる時間をつくってあげなくてはならない——。助けが必要なことは明らかだった。

ニューヨーク・スケッチブック

ピートは外出する時、必ず本を持ち歩いた。たいていスケッチブックも持っていて、目についた人を描くのがとても上手かった。スケッチブックがない時には、メモ帳や記者ノートだけでなく、その時もっていた索引《インデックス》カードとかレシートの裏にもよくペンを走らせた。記者会見など面白くないと思うと、いかにも会見メモを取っているかのように近くの人物をスケッチする。描くのはほとんどが男性で、とくに鼻に注目していた。

「見てごらん、すごい鼻だよ」

そっといいながら、素知らぬ顔でペンを動かしていた。

ピートがこの世を去って、ひとりでマンハッタンのトライベッカにあるロフトに住まうようになってから、わたしはあらゆるところに散らばった彼のスケッチを一箇所に集めて整理し、アート用のスチール製ファイル・キャビネットに入れて保管した。スケッチを描いたメモ帳もたくさんあった。ペンを走らせているのははじめの二、三ページだけで、あとは空紙《くうし》になっているものも多かった。なかには、銀色の表紙のスケッチブックにたくさんの人物描写のあるものもあった。

当時のジュリアーニ市長が「ハイル・ヒットラー」というように右手を前方に高く掲げているものがあるし、矢のささった大きなハートの前で嬉しそうな顔をする米国のメディア王ルパート・マードックの姿もある。三度目の結婚で話題を振りまいていた頃だった。

『アンジェラの灰』で知られる作家のフランク・マコートがライオンズ・ヘッドにいる絵もあるし、ケネディ・ジュニアが飛行中に行方不明になったとき、彼のアパート前に並べられた花束と父の棺に敬礼するジュニアの痛々しい写真を絵にしたものもある。

そうした似顔絵ふうの絵のほか、ギャングのような人物やメキシコの革命家サパタのような親分肌の人物を描くのが得意だった。なかには、作家の大江健三郎さんのスケッチもある。これはニューヨーク公共図書館でお目にかかった大江さんがちょっと前かがみになって著書にサインしている姿。一九九六年一一月一八日と明記してある。講談社がニューヨーク公共図書館内に野間ルームを開いたときの記念の会に大江さんも出席されていて、ふたりでお目にかかった。当時の野間佐和子社長も東京から駆けつけていた。

女性のスケッチは苦手だったのか、点数も少ない。わたしの姿を描いたものも、ほんの数点。なぜかわたしを描くのは難しいといっていたから、モデルにふさわしくなかったらしい。一つはふたりで宿泊した箱根の旅館で食事している時、丹前を着た姿をデッサンしたものだった。いかにもピートらしいのだが、わたしの絵ばかりでなく、わたしが食べたニジマスも次のページに描き、「フキコの食べたサカナ　一九九一年フジヤ・ハコネ」という注釈をつけている。

スケッチばかりでなく、大きな油絵も三〇点くらい描いていた。多くがメキシコのルチャ・リブレの仮面をかぶったプロレスラーを描いたものだった。そのほか、スケッチというよりペンで描いた細密画のような人物像もあるし、吹き出しにセリフを入れたマンガふうの絵もある。


ピートは若い頃、マンガ家になりたいと思っていた。ブルックリン公共図書館分館で初めて読んだ絵本『ぞうのババール』のシリーズや、次に心を惹かれた『ボンバ、ザ・ジャングル・ボーイ』のボンバ本シリーズなどでコミックスの虜になり、長く住んだブルックリン七番街のアパートでコミックを描くようになった。夕食が終わるとキッチン・テーブルの上に作文帳を広げて、ボンバのコミックに登場するヒーローの物語を描いた。吹き出しにセリフも入れてマンガらしくした。

その頃ピートが夢中になったのは「デイリー・ニューズ」紙に連載されていた「テリーと海賊」というコミックだったとよく話していた。

「あれはミルトン・カニフの描いたマンガなんだ。テリーというパイロットが遠い中国の山間で繰り広げる冒険に夢中になったんだよ」

カニフのマンガのなかに登場する女性たちにもピートの胸は躍ったという。彼女たちは単なるピンナップ・ガールでない独特の個性をもっていてセクシュアルだった。

「金髪のビルマというのがすごかった！　悪人を懲らしめてテリーを助けるかと思うと、忽然と姿を消すんだ」

このビルマ以上にスケールが大きくてもっとも有名なキャラクターになったのが、ドラゴン・レディだ。彼女は黒髪で、アジア人特有の高い頬骨とアーモンド形の目をもち、深紅のケープをいつもまとっていた。

ミルトン・カニフを信奉するようになったピートはある日、カニフ宛てに手紙を書いたという。

「あなたはとても偉大なマンガ家だと思います、と書いたんだよ。ぼくも大人になったらあなたのようなマンガ家になりたいんですって。結構、長い手紙だった。そうしたら、信じられないことに返事がきたんだ」

数週間後に届いた小包にはカニフ直筆の手紙と、マンガ家志望者のために彼が書いた小冊子が入っていた。

my beautiful
wife in the
Fujiya hotel in
the Hakone MTS
5/30/91

1991年、箱根・富士屋ホテルで。ピートによるスケッチ

カニフはこの年に「テリーと海賊」の新聞連載を打ち切って、ライバル紙の「デイリー・ミラー」に新しいコミックの連載を始めたところだった。

それからピートとカニフのつき合いが始まったようだ。

わたしの今の住まいにはピートのスケッチブックのファイルだけでなく、ピカソやマティスの美術書を収めた本棚の下の段に「テリーと海賊」などのコミック本も並んでいる。

その隣にかかっている大きな絵は、ミルトン・カニフからピートへ贈られた直筆画だった。

よく見ると、カニフが新聞連載した次のマンガの主人公スティーブ・キャニオンの顔が描かれていて、右端の少年が「スティーブ・キャニオンからの便り、ミルトン・カニフ」という手紙を手にしている。これが少年ピートの姿だった。左端には耳の上に鉛筆をさしメガネをかけた人物がいる。これこそカニフ自身なのだ。「一九八三年五月、パームスプリングスにて」とある。

そのアートワークの上には深紅のケープをまとうドラゴン・レディとスティーブ・キャニオンがカラーで描かれた絵があり、その下には「すべての幸福をピートとフキコに贈る、一九八七年、ミルトン・カニフ」と本人によるサインがある。カニフはわたしたちの結婚を祝して、こんな作品をプレゼントしてくれたのだ。

それから七年経った頃、ピートは首都ワシントンで開かれたペン財団主催ペン／フォークナー賞のための集まりに招かれた。世界最大のシェークスピア・コレクションをもつフォルジャー図書館に全米から一五名の作家が招かれてスピーチをした。その年のテーマは「初恋」とあらかじめ決められていて、与えられた三分間にそれぞれの「初恋」を語るということになった。

会場に首都ワシントンの知識層と思しき人たちが集まり全員が着席した頃、突然、会場がざわめいた。当時のファーストレディであるヒラリー・クリントンが黒いイブニングドレス姿で現れたのだ。それもわたしの目の前の席に腰を下ろしたのである。

ピートは、自分の「初恋」の相手は「ドラゴン・レディ」だといって話し始めた。彼はブルックリンで育った少年時代にこのコミックをいかに楽しんだか、「ドラゴン・レディ」にどれほどの憧れを抱いたかを話しはじめた。すると、ヒラリーが身を乗り出すようにして、熱心に聞き入っているではないか。

その後、舞台裏まで挨拶にきたヒラリーはピートにこういったという。

「もし、ドラゴン・レディというのがそれほどの偉大な名前《ビッグ・ネーム》だったのなら、さんざんそう呼ばれても、別に気にすることもなかったのですね」

ヒラリーの異名は「ドラゴン・レディ」だった。強烈な照明のせいで彼女の姿は舞台の上からまったく見えなかったんだよ、とピートは頭を掻いていた。

ミルトン・カニフがこの話を聞いたら、なんといっただろうか。残念ながら、彼はわたしたちが結婚した翌年に他界していた。

わたしはいつの日かピートのスケッチや絵を展示して「ピート・ハミル・アート展」ができたらと思っている。もし、実現したら、ピートがどれだけ喜ぶだろうか。

ハミル家のクリスマス

一二月に入るとニューヨークの街にはクリスマスの飾りやイルミネーションが輝き、五番街の店は競い合って華やかな彩りを凝らすようになる。

ロックフェラー・センターのツリーが点灯され、スケートリンクが賑わう様子はいまでも変わらないが、観光客用になった昨今のクリスマスに比べ、一九八〇年代は買い物をするニューヨーカーたちの熱気と興奮で五番街はまっすぐ歩けないほどの賑わいをみせていた。わたしのオフィスは聖パトリック教会に近いマディソン街にあったので、家路を急ぐ買い物客が地下鉄の駅へと向かう姿をよく目にした。

一九八四年の冬、わたしにそんなクリスマスの喧騒はおよそ縁遠いものに思えた。イヴの二四日から数日間、仕事は休みになるが、このクリスマス休暇をどう過ごすか、ピートから連絡がないので心穏やかではなかった。初めてのクリスマスをひとりで過ごすなんて惨めすぎる。

ドーラルタワー・ホテルで仮住まいを続けていたわたしはちょうどようやく西七一丁目五三番地のアパートを見つけた。そこはセントラル・パーク・ウエストのすぐ近くで、ジョン・レノンがいなくなってからもオノ・ヨーコがひとりで住むダコタ・ハウスからほんの一ブロックというロケーションも気に入ったし、古い褐色砂岩の家を改装したばかりの四階の部屋はひとりには十分すぎるほど広かった。

アパートを見つけた晩、ピートは見に来てくれて大いに気に入った様子だった。その後契約が済むと、ピートはいつの間にか増えたわたしの荷物をダットサンに積み、ドーラルタワー・ホテルから二往復して運んでくれた。それから「ヴィレッジ・ヴォイス」誌の原稿を書くといって帰ったきり、どこか旅へ出たらしく連絡が途絶えてしまった。ロングアイランドの家へ電話しても、娘が出て、ダディはいないという返事ばかり。

数日後、ようやく電話してきたピートは連絡できなくて悪かったとさんざん謝った後で、クリスマス・イヴの夕方には迎えに行くから心配するなといってくれた。

その言葉通り、イヴの夕方になると贈り物を山ほど車に積んで、ピートがやってきた。まずは、母にプレゼントを届けるんだといって、ブルックリン・ブリッジを渡り、プロスペクト公園近くで車を停めた。

歴史を刻んだ褐色砂岩の家が並ぶ夜の街は、教会の鐘が鳴り響くだけで静まり返っていた。道行く人たちは「メリー・クリスマス」と声をかけ合う。「メリー・クリスマス」という言葉がこれほど〝生きて〟いるとは。

小学校一年から高校まで一二年間、東京・四谷にあるカソリック校に通ったわたしにとってもブルックリンのクリスマスは新鮮だった。アイルランド人の修道女に英語を教わって育ったことも何か縁があるように思えた。

ピートの母アン・ハミルの小さなアパートには猫が一匹いて、台所には「アニーズ・キッチン」というプレートがかかっていた。赤ん坊だった頃のピートや家族の写真が並び、タバコを吸いながら仕事しているピートの大きな肖像画もある。クリスマスのミサから帰ってきたアンは小柄で色の白い上品なお母さまだった。ご主人のビル・ハミルはその年の二月に亡くなったという。

アンはわたしを見ると、

「まあ、東京から来た方にお目にかかるのは初めてですよ」

といって、温かい手を差し伸べてくれた。

「わたしの父は日本にも行ったのです。ナガサキにも……」

というので驚いてピートを見ると、貨物船のエンジニアだった祖父のピーター・デヴリンは長崎にも寄っていたんだといって、こう続けた。

「長崎に原爆が落とされた日、母さんがいった言葉は忘れられないよ。『ろくでなしのトルーマンは日本でカソリックが住んでいるたった一つの街を選ぶなんて』。母さんは哀しみを通り越して怒りでいっぱいになったんだ」

ピートもその日、母に促されて日本人に祈りを捧げたという。気の毒なナガサキの人たちに神の加護を……。

「ユナイテッド・フルーツ」という会社に勤めていた祖父ピーターはその後、ブルックリンの埠頭で不慮の事故にあって亡くなったそうだ。そのままいけばアン・デヴリンはブルックリンの高校を出て、大学にも進学できたかもしれない。父が亡くなると、アンは母親に手を引かれてアイルランドへ帰ったが、ベルファストで高校を卒業するとひとりでニューヨークへ戻ってきた。当時の若い女性としては勇気のいることだったろう。

「母さんがニューヨークの波止場に着いたその日がどんな日だったか……一九二九年一〇月二四日。そう、大恐慌が起こったその日だったんだ！」

ピートはこういって笑った。

「なんという日に到着したんだろうね。これこそアイリッシュの悪運そのものだ」

移民として渡ってきたため、アンはブルックリンの大きな家で住み込みのメイドとして働き、マンハッタンにあるウエブスターホールというダンスホールで、後に結婚するビル・ハミルに出会ったという。

わたしたちが次に訪ねたのは公園近くのロータリーに面した弟ジョンのアパートだ

った。ピートは七人兄弟の長男なので、弟五人と妹がひとりいる。わたしには弟たちの顔と名前を覚えるだけでも大変だった。

ジョンは背が高くてがっしりした青年で、ベトナム戦争では衛生兵として従軍したという。アパートにはすでにたくさんの人たちが集まっていた。デイリー・ニューズ紙の記者たちも多く顔を揃えていた。ロースト・ターキーやパスタ、ハムやチーズ、サラダなどの料理やビール、ワインがテーブルいっぱいに並び、大きなクリスマス・ツリーの下はたくさんの贈り物で溢れかえっている。

隣の居間からロックが流れてきて、みんな踊り出した。ピートは娘に踊ろうと声をかけている。いちばん下の弟ジョーイがひとりで踊っていたので、思い切って一緒にステップを踏んだ。二曲、三曲進むうち、ピートが割り込んできて一緒に踊ろうと手を取った。ピートのダンスはちょっとスローテンポだったので、うまくリズムを合わせた。次のバラードはピッタリ寄り添って踊った。

深夜一二時、教会の鐘が大きく鳴り響くと「メリー・クリスマス！」。みんな一斉にキスを交わして、早速、それぞれの贈り物を開けていく。ピートは全員に本を贈っていた。わたしにくれた大きな包みを開けてみると、ブルックリン生まれの絵本作家モーリス・センダックの分厚い画集だった。わたしからピートにはちょっと奮発してスポーツ時計を贈り、とても喜んでもらった。

ようやくアパートへ帰ってきた時はもう夜中の二時を過ぎていた。

「とても良いパーティーだったね」とピートがベッドのなかでいった。

「ありがとう！　とても楽しかったよ。メリー・クリスマス！」

毎年クリスマスになると、ピートがこのときにいった言葉と「メリー・クリスマス」の声が思い出される。

同時に、その後パーキンソン病が発症し、長い闘病生活ののちに亡くなったアンのことを考えるのだ。アンがパーキンソン病になったのは、プロスペクト公園近くで非行少年たちに襲われたためだったとピートはよくいっていた。

「あのときの衝撃がきっかけで母さんはパーキンソンになったんだ。捕まった少年たちはまだ未成年で父親もいないような家庭に育った子供たちだった。そこで、母さんは牢屋まで彼らを見舞いに行って、下着や食べものまで差し入れしていたんだよ。信じられるかい？」

母さんはもちろん、この少年たちのために毎週のように教会で長い祈りを捧げたんだ、とピートは付け加えた。

わたしはアンのことを知れば知るほど、ピートの無限大の寛大さや親切心は彼女から受け継いだものだと納得した。

「相手がどんな人であろうと決して見下してはいけないよ。その人が立ち上がれるように手を差し伸べてあげなくては……」

母のこの言葉をピートは生涯教訓として守り、実行していたのだった。

アンは病気が進んで車椅子が必要になってからも、わたしを見ると必ず、手招きして耳元でこう語るのだった。

「わたしも昔はあなたみたいに、あっちこっちよく動き回っていたのよ」

そして、いつも口癖のようにこう続けた。

「ピートのような息子がいて、本当にありがたいと思うの」

別れの予感

「一緒にアイルランドへ行こう」とピートが言い出したのはいつのことだったか、今となってはもう思い出せない。ロンドンへ行く前だったか、いや大統領選のあった頃か。あるいは西七一丁目のアパートへ引っ越してからのことだったかもしれない。

彼の提案は、クリスマスが終わってから娘ふたりを連れてアイルランドへ行くから一緒に行かないか、というものだった。二週間ほどの旅でニューヨークへ戻るのは翌一九八五年一月一〇日頃、向こうでは民族主義政党のシン・フェイン党ジェリー・アダムズ代表のインタビューができるという。

もちろん、わたしは行きたかった。しかし、年末年始にそんなに長く休みが取れるかどうかわからなかったし、正直なところ、連日の徹夜と極度のストレスで疲れ果てていたから、この休みにはゆっくり休息を取りたかった。それにニューヨークへ来たばかりだというのに、アイルランドはあまりにも遠い。

行きたいけれど難しい、たぶん行けない、でも行けるかも……などとわたしが迷いに迷っているあいだに出発日が近づいて、結局、ピートは娘たちを連れて発ち、わたしはニューヨークに留まることになった。

クリスマスの二日後、彼を送り出してから毎日のように、同じ西七一丁目にある「カフェ・ラ・フォルトゥナ」で原稿や手紙を書いて過ごした。そこはジョン・レノンがよく訪れたお気に入りの店で、東ヨーロッパの小さなカフェのような雰囲気だった。ジョンと親しかった店主はいかにも気の良さそうな人物で、彼の写真をガラス窓に掲げて偲んでいた。小さな丸テーブルについて、カプチーノを啜りながらピートのことを考えた。

彼の男らしさ、厚い胸、いつも歌を歌って冗談をいっているこの人ほど一緒にいて楽しい相手はいないだろう。わたしにとってこれほど刺激を与えてくれる人もいなかった。それでいて決して威張らないし、何でも耳を傾けてくれる。思えば、三月に初めて会ってから、わたしがニューヨークに住むようになって八月に再会、そして付き合い始めてから五ヵ月も経っていなかった。まさかピート・ハミルとこんなことになるなんて考えてもいなかった。

できたら一生、ピートと一緒にいられたらと願う。一緒にいるとあまりにも幸せで満たされてしまう。一緒にいないとすべてが霞んでしまう。彼のことを狂おしいほどに好きだと思う。

ピートと結婚したらと考える。わたしは「結婚しない女」などと呼ばれていたくらいだったが、四〇代が近づいてくると、そろそろ考えたほうが良いかなと思うようになっていた。結婚してくれというほど愛してくれる人がいない人生なんて、ちょっと哀しいかな、と感傷的になることもあった。昔からきっと年上の、それもかなり年の離れた人と一緒になるのではないかと思っていた。ピートは一三歳も上だけれど、ちっとも年の差を感じさせない。それでも、アイルランドへの出発前に会ったときにはすごく疲れていていつものように輝いた瞳をしていなかった。ショボショボした目。この人は年取ったらこんな顔になるのかしら。


新年を迎えても正月らしいことは何もせず、ピートが戻る日を指折り数えて待っていた。それなのに、ついにその日がきても電話一本ない。数日後、ようやく電話口に出ると、週末にはロサンゼルスへ行くという。新しく取りかかった映画台本を仕上げるためで、締め切りまでに三〇日しかないのにその間、ベトナムについての雑誌原稿に追われているという。切羽つまったような声で、「ぼくにはライフがない……」とこぼしていた。

毎日、マシーンのように仕事するだけで、人生を楽しむ時間も余裕もないということなのだろう。今はわたしの入り込む余地はないといっているのかもしれない。

忙しいことはよくわかる。一度、書き始めたらすっかり没頭して他のことは考えられないのであろうこともよくわかっている。

それでも、わたしが週末にロングアイランドの家まで行こうというと、「それは良い考えとはいえない。とにかく、映画台本の仕上げでぼくにはそんな余裕がないんだ。いま、このベトナムの原稿を仕上げるだけで精いっぱいさ」。

これだけ突っぱねられると、もうこちらから電話するのは止めよう、向こうから電話がかかってくるまで決して電話しないぞ、と心に誓った。このままピートに振り回されてバカみたいに待ち続けていたら、せっかくのニューヨーク生活が惨めに終わるだけ。今はきっと、自分の時間をもつ時なのだと自身にいい聞かせた。

一〇日後にようやくピートから電話がかかってきた。彼はロサンゼルスのウエストハリウッドにあるキッチン付きのホテルにいて、胃痛でひどく苦しんでいるといってきた。

「カンヅメになって胃の痛みを抱えたまま書いているんだ。背中にも痛みが走る。ホームシックになって、ぼくの家や本が無性に懐かしい……」

初めて聞く弱気な声だった。

「今週末までに書き終えることができなかったら、日曜日にこっちへ来てくれないか？　空港まで迎えにいくよ」

数日後、娘から電話が入って、ピートは日曜日に帰ってくることになったという。

夜になってロサンゼルスに電話が繋がると、だいぶ元気な声に戻っていた。

「日曜日の便は夜八時五〇分、ケネディ空港着になるよ」

一足先にバスでウエストハンプトンまで行って、彼の家で帰りを待っていてくれないか、といってきた。


ウエストハンプトン・ビーチの家に帰ってきたピートと四〇日ぶりの再会。あの厚い胸も大きなお腹も優しい目もすべて元のままだった。飛びついてキスするとそれまでの不安や憤りもすべて吹っ飛んでしまった。

「これからはニューライフを始める。約束するよ。一日五時間だけ働く。ほら、よくインタビューで作家がいっているじゃないか。そうだ、フロリダへ行こう。ビーチで太陽を浴びながら、ぼくは小説を書く。君も書く。そうしよう」

彼はニューライフについて眠るまで話していた。

夜中に目を覚ますとベッドにいなかったので驚いて見に行ったところ、居間で本を読んでいた。いろいろ考えごとがあって、眠れないという。

本を置くと深刻な顔つきで、それまでに見たこともないような暗い表情をしていた。本に集中できないと苛立ち、立て続けにタバコを吸っていた。


それから一ヵ月、ピートから電話してくることはなかった。こちらから電話しても、食事に出ているると娘が答える。数日後、ミスター・ハミルはボストンに出かけていいます、と秘書がわたしの留守電にメッセージを残していた。

わたしは仕事でも追い込まれていた。アシスタントのアメリカ人を三名に増やし、写真担当をニューズウィークのフォト部門から紹介してもらって一名雇い、という具合に支局の規模が大きくなるにつれ、わたしの責任も重くなってきた。

ニューズウィーク側の日本版担当者との関係も難しかった。彼女が突然激昂しても、なぜ怒っているのかわからないこともしばしば。どう対応して良いものか悩む日が続いた。

帰宅してがらんとしたアパートにひとりでいると、次から次へと自問を続けてしまう。今やっていることが将来プラスになるのだろうか。わたしのやるべきことは他にあるのではないか。自分のいちばん大切なものを売り渡しているのではないか。ふと、とんでもないところへ来てしまったと思った。日本に留まって次の本を書いていたほうが良かったのかもしれない。初めて後悔した。

米国社会というのはパートナーと一緒に出かけるのが当たり前なので、ひとりになってパートナーがいないと何もできない。日本にいたときにはどんな飲み会でも打ち上げでもひとりで行くのが当たり前だった。おかしなことに女性という立場で仕事をしていると、日本ではもっとずっと自由だったことを思い出した。

週末に思い切って電話すると珍しくピートが出て、すぐにコールバックするといったきり、一時間半待ってもかかってこなかった。次の週、同じことがまた起こった。わたしと話しているのに他の電話が入り、コールバックするといったのにかかってこなかった。彼からの電話を待ち、すっぽかされることがいちばん辛かった。

久しぶりに早く仕事が終わったので、マディソン街からセントラル・パークを抜けて歩いて帰ることにした。ずいぶん春めいてきた公園を歩きながらニューヨークの空を眺めるうち、連絡がないのなら会わなくても良いと思えてきた。いっそのこと別れてしまおうか。激しく燃えた恋であったけれど、あの人の炎はもう消えかかっている。そのことを冷静に考えないと自分が惨めになるだけ……。ピートにはたぶん、次のガールフレンドができたのだろう。わたしという人間はこれだけ傷つき苦しまないと何もわからないのだろうか。

わたしはこの半年間、夢を見ていたことを実感した。ピートとはもう終わったんだ。そう悟って、日本へ帰りたいという衝動が初めてお腹の底から湧き上がってくるようだった。そうだ、日本へ帰ろう。四月になったらしばらく帰国しよう。

思いがけない手紙

ニューヨークに来た一九八四年八月頃から、わたしは日記をつけていた。黒い革表紙のA4サイズのノートでその日に起こったことや会った人、自分の考えや思いの丈を数日おきに記していた。ピートとの別れをはっきり意識した翌年春の頃のページを繰って見ると、ほとんど仕事のことばかりが記されている。

確かにあの頃、ニューズウィーク日本版のテスト版づくりに翻弄されていた。一時帰国していた四月末に出来上がったテスト版がようやく良い仕上がりになってニューズウィーク側と合意に至り、創刊に向けて走り出したためにますます多忙になった。週刊誌の仕事は火曜朝の会議から始まり、特別のことがない限り、土曜夜、実際には日曜の深夜一〜二時までかかった。ハイヤーでアパートまで帰り、刷り上がったばかりのニューヨーク・タイムズ日曜版を抱えて西七一丁目で深夜営業しているイタリアンの店へ行って、ピザを食べながら一週間が無事終わったと胸を撫で下ろす。そんな日々が続いていた。

五月のメモリアル・デイ、七月の独立記念日など愛国心いっぱいのアメリカの祝日を初めて経験して考えたことが日記には記されている。ピートのことは一言も出てこないところを見ると、すっかり自分の頭の外へ追い払おうとしていたのだろう。

七月七日に三七歳の誕生日を迎えた。本を読んだり、自分の原稿を書き始めようとしたりするうち、ニューヨークへ住むようになってほぼ一年近くになったとある。嵐のような日々、はじめの半年は無我夢中で過ごし、冬からの長かった半年が綿々と綴られてある。

そして八月のある日、いつものように仕事から帰ってアパートの入口にあるメールボックスを開けると、見慣れない茶色の封筒が届いていた。ピートからの手紙だった。西七一丁目のわたしの住所を記した力強くて滑らかなあの手書き文字。封筒のなかには、デイリー・ニューズのレターヘッドにタイプした一枚の手紙が入っていた。

〈この数ヵ月、この手紙を何十回も書こうとしたが、いいたいことがうまく出てこなかった。いま、ここで再びやってみる〉

書き出しはこう始まる。

〈君のもとから消えたのは、君のせいではなかったことを伝えたい。すべてぼくがやったことだった〉

自分は恐れたのだ、と彼は続けた。君が必要としているもの、君に値するものを与えられないことを。彼はほとんどロングアイランドの自宅にいて、わたしはニューヨーク市内で多くの時間を費やす仕事に囚われてしまっていた。もし、ふたりでもっと真剣にやってみたらどうだったかと考えるが、君をもっと傷つけることになったかもしれないと書いている。

〈君が無事であることを願う。痛みを与えてしまったことを謝りたい。キーウエストに冬を過ごす家を借りたところだ。チェルシーの部屋はもう引き払ってしまった。精力的に書いているよ。小説の二八〇ページはもう終わった。この数週間、ジャーナリズムの仕事をたくさんこなした。かかった時間は長くて大変だったが、気分は良い〉

彼はある女性と一緒に住んでいると書いてきた。彼女は良い人だけど、これは失敗だったとあり、この関係から抜け出すところだという。

もし、わたしがまだニューヨークにいるのならとても会いたい、と締めくくっていた。ランチでもディナーでも良いから場所と時間を指定してくれれば駆けつける、というのだ。

〈君はこれまでに会ったもっとも素晴らしい女性のひとりだ。それがわかっていたのに、あんなことをしたのはとても愚かしいことだった〉

何度も何度も、読み返した。

わたしは冷静であろうとした。ひょっとして悪魔の誘いかもしれない、とも考えた。

また同じことの繰り返しになるのではないかとも思った。もう一度、傷つくことは恐ろしかった。それでも、会ってゆっくり話して真実を知りたいと思った。彼はなぜ、わたしから離れたのか。

返事を書くのにしばらくかかった。考えた末、この冬に起こったことは痛みを伴う経験でした、と記した。

〈そう、わたしはとても傷ついたのです。でも幸運なことに回復し、まだニューズウィークで働いています〉

西四四丁目のアルゴンキン・ホテル。日にちは九月四日、夜六時半に会いましょうと記して返事を投函した。

その日、オフィスからアルゴンキン・ホテルまでゆっくり歩いて行った。まだ夏の日差しが強く、じっとり汗をかくようだった。どれほど心臓が止まりそうだったか、と日記にある。彼が来ていなかったらどうしようと考え、引き返したいほどの気分だった。ホテルのドアを開けると、そこにピートがいた。紫色に近いブルーの綿シャツに白いコットンパンツというリラックスしたスタイル。わたしはスーツを着ていた。

六番街でタクシーを拾い、ブロードウエイを真っ直ぐ北へ上がり、ミュージアム・カフェで軽い食事をした。相変わらずよくタバコを吸って、小説の原稿をさらに一〇〇ページ書き進めたこと、この先メキシコに住むか、ひょっとしたら日本に住むのも良いかもしれないと元気に話す。わたしは何もかも変わらなかったように振る舞ったが、自分があれほど恋い慕い、思い焦がれたのは本当にこの人だったのか、と実に複雑な思いがした。

食事が終わると、ソックスを買いたいというので、ブロードウエイの店に入った。映画をみようと言い出したので、今晩は話がしたいと伝えた。

わたしのアパートへ来てようやく口を開くと、「アイム・ソーリー」を繰り返す。今一緒に住んでいる女性というのはわたしがニューヨークへ来る前からつきあっていた人で、五月から自分のアパートに住めなくなって、ピートの家に転がり込んできたというのだった。どうやって説明したら良いか……とさんざんいっていたが、上の娘がメキシコへ行ったり下の娘が入院したりと、いろいろあったらしい。

「次に離れることがあったら、必ず、そういってくださいね」

わたしはピートに約束させた。

こうしてわたしたちは、また付き合うことになったが、元通りになるところとならないところがあった。ピートはいつになってもあのままであり続けるのだろう。いつも精力的に仕事をして、娘を心配し、旅に出かけるプレイボーイというのがわたしの本音。

しかし、わたし自身が変わったという気がした。ピートに頼り切っていた頃の自分とは違ってきていた。ありのままの自分で良いと思えるようになっていた。開き直ったというのだろうか。英語での生活に慣れたことも大きかった。わからないことがあれば、今は聞き返すことができる。思ったことをそのままいえるようにもなった。おそらく自分の仕事に対して自信をもてるようになってきたのだろう。とても大変な六、七ヵ月だったが、無駄ではなかったということか。

それから時々、彼から電話がかかってくるようになったが、あまり頻繁に連絡を取り合うということはなかった。

翌一九八六年、ニューズウィーク日本版がようやく創刊に漕ぎ着けたので、わたしは忙殺されるようになった。夏が近づいて少し落ち着いてきた頃、突然ピートが連絡してきた。ニューオリンズにいるので遊びに来ないか。友達から又借り《サブレット》したというフレンチ・クオーターの古くて大きなアパートを訪ねると、彼は本の執筆に励んでいた。ほんの五日間だったが一緒に過ごした。以前のふたりに戻ったような感じだった。

一生、君に誠実であることを誓う

一九八六年の夏、ニューオリンズで一緒に過ごしたとき、ピートはメキシコの英字新聞の編集長になるかもしれないと話していた。

「これまでいろいろやってきたけれど、新聞を自分で作ったことはないんだ。だから、やってみたいと思う。それにメキシコだったら、バイリンガルの秘書を雇って、ペントハウスの大きなアパートに住める」

彼は熱っぽく語り、もうすっかりメキシコの暮らしに夢を託していた。

「大きな庭つきの家を借りるのも良いね。運転手付きのクルマに乗って、メイドさんや庭師も雇うんだ」

まるで妄想に取り憑かれたように楽しそうに話す。そして、わたしに一緒にきてくれというのだった。

「ぼくは人生をもっとシンプルにしたいんだ」と彼はいった。

メキシコが新しい人生を切り拓いてくれると思ったのかもしれない。


彼が初めてメキシコへ行ったのは、海軍を除隊した二一歳の時のことだった。

「本当はパリに行きたかったんだ！」

彼は何度もこういっていた。もともとはパリで絵描きになることが夢だったが、物価が高くて手が届かず、現実的でないとわかるまでに時間はかからなかった。

「とにかくメキシコは物価が安いからね」

引退してメキシコに移住するという知り合いの言葉に触発されたピートはメキシコ・シティ・カレッジがGI奨学金による留学生を受け入れていて、芸術学科を卒業すると芸術修士号の学位がもらえるという制度を見つけた。

その瞬間からメキシコに留学するというアイディアに取り憑かれたピートは、幼馴染の親友ティム・リーに相談した。ふたりで願書を出し、入学許可が下りるとグレイハウンド・バスでメキシコ・シティを目指した。ポケットにはなけなしの八〇ドルを忍ばせていた。

メキシコへ到着して数ヵ月の間、ピートは壁画家たちの力溢れる巨大な絵に脱帽し、芸術学科の授業のほかにスペイン語も勉強しながら、親友ティム・リーとともに近くの酒場や小屋、学生同士のパーティーなど至るところで飲んでは歌い、歌っては酔い、発育の良いメキシコ人の若い女を眺めたり、一緒に飲んだり踊ったりして、「あんなに楽しいときはなかった」というくらい良い時を過ごした。しかし、ハメを外して朝まで酔い潰れるようになり、ついには喧嘩騒ぎを起こした。〝希望通り〟にある娼家のドア一枚を壊したという罪状で、気がついたら警官に包囲され、逃げている後ろから拳銃を発砲された。

「タン、タン、タンって音がして、少なくとも三発の弾丸が頭のわきをかすめたんだ」

命があっただけでも幸運だった。罪状は私有財産の損壊（娼家のドアのこと）のほか、公務執行妨害、殴打による傷害など。逮捕されてから監獄に放り込まれて釈放されるまでの四日間、薄暗い雑居房や悪名高い市立刑務所内の独房、さらに雑居房の大部屋に繋がれた経緯は彼の語る武勇伝のなかでも際立っていた。

「あの時、メキシコ・シティの独房で読むものが何もなかったから、学生証明書を読んでいたんだよ」

大人数の雑居房では食べ物が支給されなかった。同じ牢に繋がれた粗末な服のメキシコ人たちのもとには家族やガールフレンドが毎日、差し入れにきていた。ピートにはそんな人もいなかったので、同じ牢のメキシコ人たちが自分たちの分をわけてくれた。本当に気の良い人たちでますます彼らが好きになったとピートの話は続いた。

毎月一一〇ドルの奨学金は遅れがちに支給され、そこから授業料、部屋代、食費などを払わなくてはならなかった。事件の後には保釈金や弁護士費用などもかさんだが、このときの経験は二一歳のピートの内面に本質的な変化をもたらした。

「あの頃、短編小説と詩を書き始めたんだ……」

こう語るときの彼はいつも五〇年代のメキシコに思いを馳せるような遠い目つきをした。

結局、ピートは保釈中という身分を無視して友人のクルマで国境を目指すことになる。運良く国境をくぐり抜け、そのまままっすぐニューヨークへ逃げ帰ってきた。パリに代わる「メキシコの夢」は、こうしてたった九ヵ月で終わった。


それから三〇年経った一九八六年一〇月、ピートはロングアイランドの家を売り払って家財道具をすべて倉庫に入れ、メキシコへ旅立った。

ようやくわたしの元へ帰ってきたと思ったら、今度はメキシコへ行ってしまうなんて……。しかし、わたしのほうは日本版が創刊され、仕事はますます煩雑をきわめた。東京から会社のお偉いさんや仕事関係者が頻繁に立ち寄ったし、毎日のように知り合いが訪ねてきた。作家の中上健次さんが少し前からニューヨークに住むようになっていて、時々、オフィスに寄ってくれた。安部公房さんが数日、「ニューヨーク・ペン・クラブ」の招待で滞在していたこともあった。

一一月に入ってピートに電話すると、いつもの元気な声でメキシコにいるのもあと

三、四ヵ月になりそうだといってきた。現地に行ってみたら、だいぶ話が違っていたらしい。彼らしくあっさり引き上げることにしたという。それなら来年の二月か三月には帰ってくるのかと聞いてみると、「イエス！」というではないか。とはいえ、アメリカ人の若い記者を十数名雇い、チームを組んで英字新聞をつくっているから、そうは簡単に辞めることはできないかもしれないと付け加えた。

クリスマスにはそちらへ行こうかというと、「いや、ぼくが一時帰国することになると思う。どこか中間地点で会うのもいいね」。

クリスマスまであと数日という金曜日、ピートから突然、電話があった。ニューヨークに戻ってきているので、翌日の土曜朝、一緒に朝食を取ろうという。締め切りの土曜日は朝から忙しく、夜遅くならないと時間が空かないと答えると、夜一一時にマディソン街までクルマで会いにくるといった。

ニューヨークの街はクリスマスを控え、夜中まで熱気と興奮に包まれていた。一一時にマディソン街に出て待っていたが、ダットサンは見当たらない。仕方なく一四階のオフィスへ戻り、少ししてまた降りていくと、車が停まっていた。助手席のドアを開けて乗り込むと、「ああ、びっくりした」とピートは大声を上げた。例によって本に熱中していたらしい。

「元気そうだね。どうしていたかい？」

と声をかけてきたピートは何だか一回り大きくなったようで、メキシコ料理の食べ過ぎみたいな顔をしていたが、目の前に彼がいるというのが俄かに信じられなかった。本当に来年には帰ってくるのかと聞いてみると、

「そう、帰ってくるよ。帰ってきたら結婚しよう！」

まさか、そんなつもりがあったなんて……。あまりにも簡単にプロポーズの言葉を投げかけてきたが、この人は本気なのだろうか。

「一緒に住んで一緒に旅しよう。日本に六ヵ月住むこともあるかもしれないし、アイルランドへ行くかもしれない。大きな家を買って本をたくさん置いて……ぼくが結婚する相手は君しかいない。それにふたりの娘も薦めるんだ。エイジュリンがスイスに向かう時、フキコに絶対連絡するようにいって出かけていったんだよ」

わたしは呆然とするしかなかった。

「ぼくは本気なんだ。これから死ぬまで君のことを愛する。これから一生、君に誠実《フェイスフル》であることを誓うよ。ぼくの車椅子を押してくれるかい？」

じっと目を見つめながら、真剣な表情でいった。

この言葉を信じても良いのだろうか。彼の気持ちは本当に変わることがないのか。恐ろしいけれど、もう一度だけ、ピートを信じてみようか。

クリスマス・イヴの夜、ピートはメキシコへ帰り、わたしは仕事が休みに入った翌二五日にメキシコ・シティへ発った。

翌年、ピートは約束した通り、二月にニューヨークへ帰ってきた。メキシコ滞在はもう少し長くなりそうだといい始めていたが、メキシコ国立自治大学の学生ストの報道をめぐって経営者と編集方針が大きく食い違い、一三名の記者とともにストライキに突入した。結局、話し合いは平行線を辿るばかりで双方歩み寄る余地もなく、ピートは辞表を出してメキシコを後にした。わたしもニューズウィーク日本版の仕事をちょうど三年で辞めることに決めた。

わたしたちが結婚したのは一九八七年五月二三日、ピートの友達で先輩に当たるコラムニストのジミー・ブレズリンの自宅に家族や友人が一〇〇名以上集まってくれた。セントラル・パークに近い瀟洒《しょうしゃ》なアパートにはわたしの両親も東京から駆けつけてくれた。馴染みのお寿司屋さんが特別出張して目の前で握ってくれたのは大好評だった。友人のチェロ奏者数名がウエディング・マーチを奏でてくれるなか、ピートの親しいミルトン・モラン判事の前に歩み出たわたしたちは、それぞれ伴侶となるかを聞かれ、「イエス」と答え、指輪を交換した。

「良い時も悪い時も、病気の時も健康な時も、死がふたりを分かつまで、人生を共にするのです」

響くような低音でいった判事のその声を、今でもよく覚えている。

「死がふたりを分かつまで」――それは思ったほど長い歳月ではなかった。

1987年、家族や友人たちの前で結婚の誓いを交わす
© 瀧上憲二

運命の地メキシコ

メキシコはその後、わたしたちにとって重要な地になった。メキシコへピートを訪ねたのはプロポーズされた数日後、一九八六年一二月二五日のこと。時系列が前後するが、忘れられない思い出を記しておきたい。

初めて降り立ったメキシコ・シティは燦々《さんさん》と降り注ぐ強い日差しのなか、埃と喧騒が渦巻く街で、強烈なトウモロコシのにおいにわたしは眩暈を覚えるほどだった。

空港に迎えにきてくれたピートと一緒に乗った小型タクシーはラッシュアワーの大混雑を猛スピードで進み、小柄な運転手さんは右へ左へと器用にハンドルを切って赤信号も関係なしに突っ走った。わたしは思わず目をつぶって十字を切るしかなかった。ピートはスペイン語で運転手さんと楽しそうに話している。いかにもメキシコ好きのグリンゴ（アメリカ人）という雰囲気で、傍目にもこの赤茶色の大地を踏みしめている満足感でいっぱいに見えた。

街に出てふたりで歩いているとすれ違う人たちが、不思議そうな顔でわたしをじっと見ている。ピートはその都度、笑いながら彼らに「ハポネス（日本人）」といい、いかにも楽しそうだった。

街角にはどこにもむかし懐かしい駄菓子屋のような小さな店があって、子供たちが親に何かねだっている。そう、ああいう景色がわたしの育った神田神保町にもあったと突然五〇年代の東京に引き戻された。時間がのんびり流れている。昔のブルックリンもそうだったよ、とピートがいった。

シケイロスの壁画を見に行った後、「タイルの家」と呼ばれる古いカフェに入ってピートはミルクセーキ、わたしはリモナダ（レモネード）を頼んだ。ニューヨークへ帰ってから始めるふたりの新しい生活について話し合ううち、ピートはこんなことをいい出した。

「君にはゴールドをあげよう」

もちろん、金のネックレスとかそういうものをいっているのではない。ふと考えて、それならわたしは何をあげれば良いのかしら、と問うと、彼は真剣な顔をした。

「ぼくにはピースが欲しい」

ヴィクトリア調の大邸宅が立ち並んでいるレフォルマ通りを歩いていると、ピートはメキシコの歴史を語り始めた。

「アメリカはテキサスを併合した後、戦争を起こして、カリフォルニア、ニューメキシコ、ネバダ、ユタ、アリゾナ、コロラド、ワイオミングの一部に至るまで全部メキシコから奪ったんだ」

　そして、いつもの口調で続けた。

「だからメキシコ人たちは奪われた各州が自分たちの庭だというんだよ。そこへ入っていくと不法移民として逮捕されるのだから、いかに不合理なことか」

　この国は三〇〇年に及んだスペインの支配に対して独立革命を起こし、二〇世紀に入ってからはパンチョ・ビリャやエミリアーノ・サパタなどの民衆が立ち上がってメキシコ革命を起こした。ピートの大好きな英雄たちだ。

　街の中心地近くにサパタや革命時の民衆を撮った写真家カサソーラの店がまだ残っていて、当時のモノクロ写真を売っていた。セピア色の写真は新しい家に飾ろうと買い込んだ。

　フリーダ・カーロの家も古いタイル貼りのまるで骨董品のような家だった。床は黄色いタイル、天井の高い壁はすべて白、そこにブルーを大胆に使い、ドアにはグリーンのペンキが塗ってある。メキシコの太陽の下で引き立つカラフルで見事な彩色だった。ネイティブ・アメリカンの血を濃く引くフリーダは、太い眉毛の下にいかにも意志の強そうな目が光る土着のメキシコ人女性だった。

「ほら、見てごらん」

ピートがフリーダのベッドの上を指すので覗き込むと、むかし懐かしい昆虫採集の箱があるではないか。美しい蝶がピンで止められて飾られている。

「これはイサム・ノグチがフリーダに贈ったプレゼントだったんだ。フリーダは毎晩、これを見て、イサムのことを考えていたんだろうね」

こんなところにも日本とメキシコの縁があるのだった。それだけではない。イサム・ノグチの母はアイルランド系だったというから、メキシコと日本、アイルランドがイサム・ノグチによって結ばれているのだった。


はじめの頃、トウモロコシの強烈なにおいに馴染めなかったわたしはメキシコの食べ物が苦手だと感じていたが、結婚の翌年、一九八八年三月の旅から、コンソメスープやワカモーレ、魚介マリネのセビーチェなどがすっかり気に入った。ピートはウエボス・ランチェロス（目玉焼きをピリッと辛いサルサで煮込み、トルティーヤの上に乗せて焼いた朝食）やチーズいっぱいのエンチラーダ、ソースをたっぷりかけたチラキレスなど栄養価の高い食べ物が大好き。そういうメニューも好きになったのは、すばらしく美味しいメキシコ料理を出してくれるレストランがあるからだった。

メキシコ・シティのはずれにある「サンアンヘル・イン」は一六九二年に建てられたレストランで、スペインの植民地時代と変わらぬ重厚な佇まいに圧倒された。ピートはここが好きで以前からわたしを連れてきたいと思っていたらしい。その日は特別のメンバーが集まる夕食会になった。

突然、メキシコで撮影中の映画『オールド・グリンゴ』(邦題『私が愛したグリンゴ』)の取材に行ってくれないかと頼まれたピートと一緒にメキシコへ行ったのは八八年の冬。肌寒いニューヨークから到着すると、メキシコ・シティは三〇度を超える晴天だった。この映画はラテン文学の巨匠カルロス・フェンテスの原作で、グレゴリー・ペックとジェーン・フォンダの主演で撮影が進んでいた。郊外の巨大な農場《ハシエンダ》には撮影用の鉄道が敷かれ、中庭にはたくさんの馬とメキシコ人のエキストラ一〇〇人くらいが一九一三年当時の服装で集まっていた。

ジェーン・フォンダは赤毛を後ろで丸くまとめ、西部劇に出てくるようなスタイルの上着とロングスカートにブーツを履いて、つかつかと歩み寄ってきた。

「あらピート、久しぶり。トムはいま六〇年代のメモワールを書いているわ。昔のガールフレンドのことを思い出して書いているから、そういうのってどういう気持ちかわかる?」

ジェーンの当時の夫トム・ヘイデンはベトナム反戦で知られる活動家だったので、ピートとも親しいらしい。隣には黄色い帽子に黄色いセーターを着た背の高い老人がいた。白いものの混じる髪でずいぶん歳を取った感じがしたから初めは気がつかなかったが、それがグレゴリー・ペックだった。

翌日、インタビューも終わったので、サンアンヘル・インで夕食ということになった。庭に近い大きなテーブルにつくとわたしの隣がグレゴリー・ペック。とても感じの良い人だった。三五年間連れ添っているというフランス人の夫人と一緒に来ていた。ジェーン・フォンダは来なかったが、ニューヨークから来た編集者とエージェントの女性三名が加わった。フランス人のペック夫人はなかなか話好きで、ユーモアたっぷりに政治の話などしているうちに結婚したばかりのわたしたちの馴れ初めが話題になった。

「トーキョーでフキコがインタビューしている時、大地が動いたんだ」

ピートが例の調子で話していると、

「ぼくたちも同じですよ」

と、隣のグレゴリー・ペックが口にした。

当時一九歳の夫人がテレビの仕事でインタビューに来たのが馴れ初めだったというのだ。そういえば原作者のカルロス・フェンテスも夫人に出会ったのはインタビューの時だったわ、とエージェントの女性が言い添えた。

メキシコで過ごした日々のなかでも、あの晩のことは忘れられない。日が落ちて庭から気持ちの良い風が吹いてくるなか、白いテーブルクロスの上に並ぶ銀製のカトラリーを見事に使って食事する隣のグレゴリー・ペックは優雅であり、威厳に溢れ、それでいて気取らぬ本物の紳士だった。

1980年代後半、メキシコを訪れた際に撮影

わたしの手元にはあの時に買ってきたサンアンヘル・インの大きな灰皿がある。ピートのお気に入りで、白地に濃いブルーで鳥や草木をあしらった灰皿はいつも彼のデスクの上にあり、タバコの吸い殻が山になっていた。あれだけタバコを吸ってよくも肺がんにもならなかったと思うが、この灰皿にはあの晩の思い出がそれこそ山のように残っている。

「もう、寂しくないね」

一九八七年、よく晴れた五月の日曜日。結婚してから住む家を探すために、ピートの運転するダットサンで郊外へドライブに出た。

「まあ、とりあえず北のほうを目指していくことにしようか」

それまでにマンハッタンのアパートやロフトを何軒か見てまわったが、倉庫にしまってあるピートの大荷物を収納できるアパートを見つけるのは至難の業《わざ》だった。郊外に家を買ったほうが良さそうだという結論に達したが、郊外といってもどこへ行ったら良いのだろう。

「ぼくは犯罪のないところは知らないんだ」

新聞の仕事で暴動や殺人の現場へは何度も駆けつけたが、郊外の街に関してはまったく知らないとピートはいう。わたしはマンハッタンからあまり遠くへ行きたくないと思っていたが、車はナヤック、ニューシティなどロックランド郡を抜けるとハドソン川に沿って走る高速道路、インターステート八七号線を北へ向かった。

「そうだ、ニューポルツには、フロイド・パターソンのジムがあった」

ピートが突然、ボクシングの取材で行ったことのある街を思い出した。ウッドストックの二〇マイルほど南になるという。

ハイウエイを下りると、一〇年前にはヒッピーが住んでいたような街に着いた。はるか彼方に山並が広がり、空気が澄んでいてクリーンだし、オーガニックの野菜などを売っているマーケットもある。ここには州立大学があって、学生が多い閑静な大学街だった。メインストリートにはレストランや銀行ばかりでなく、大きな本屋もある。

ニューポルツの雰囲気はわたしの好きな六〇年代のアメリカみたいだった。こんなところだったら、住んでも良いかもしれない。すっかり気に入ったわたしたちは不動産屋へ飛び込み、近くの一軒家を見せてもらうことにした。

三軒目の家は古い農家だった。門から母家まで三〇〇メートルくらいもあって、その手前には朽ちかけた広い馬小屋があり、家の前には湧き水による大きな池が広がっていた。

「まるでアイルランドみたいだ!」

ピートは見るなりこう叫んだ。ここはニューヨーク州アルスター郡ウオールキルという街にある田園で全敷地は六二エーカー（約七万六〇〇〇坪）。ピートの両親の出身地、ベルファスト（アルスター地方）と同じ郡の名前であることもピートを喜ばせた。池のまわりの広い緑の芝生やうっそうと繁る木々を見れば、いかにも緑の国アイルランドを思い起こさせる。

家は古い三階建で、キッチンの梁には1803という数字が彫り込まれてある。家を建てた年だろう。アメリカの独立宣言からたった二七年後に建てられた農家。天井が低くて階段の幅も狭いのは、かつてここで生活した人々の佇まいまでを想起させる。

このあたりに入植したのはオランダ人だったという。「ウオールキル」の「キル」というのはオランダ語で川という意味だった。確かに近くには川が多くて水車が音を立てながら廻っていた。

わたしたちは購入を即決、家は全面改装することにした。近くにある鶏小屋に手を入れてピートの仕事部屋と資料室としてしばらく使うことにした。家の改装が終わったら、広い馬小屋に図書室や資料室、ふたりの仕事部屋を作ろうと夢は広がった。それまでの間、モービルハウスを借りて、そこにロングアイランドの倉庫の本や資料を入れておくというのがピートの考えた計画だった。

この年の八月末で、わたしは三年に及んだニューズウィーク日本版の仕事を辞めてフリーランスのライターに戻った。支局の仕事はもう十分やって責任は果たしたと思った。結婚してからは自由に書きたかった。ようやく思うままにアメリカのリポートやニューヨークのことを書ける。ピートもわたしに良い仕事をして欲しいと思っていたが、ふたりで生活するとなると、どこまで彼に振り回されることになるのだろう。

食うか食われるか、それが不安だった。

マンハッタンから一時間半以上かかるウオールキルに家をもつことは、かえってわたしの負担になるかもしれない。そうは思ったが、話はとんとん拍子に進んでしまった。家の購買手続きはオスカーというピートの長年の会計士にすべて任せた。

「お金はたくさん銀行に入っているから大きな家を買おう」といっていたピートだったが、「オスカーに会って聞いてみたら、思ったほど無かったよ」と肩を落としていた。

よくよく聞いてみると、ピートは財務管理や収支などすべて会計士に任せっぱなし。お金のことはほとんど把握しようともしていなかった。「月の予算はいくらくらい?」と聞いてみると、きょとんとした顔でオスカーに聞けという。

仕方なく事務所を訪ねると、オスカーはいかにも古い時代ものの帳簿を取り出してきた。横長のページにびっしり数字が載っている。蚯蚓《みみず》のぬたくったような文字はちっとも読めなかった。とはいえ、彼はピートが長年信頼してきた会計士ではないか。祝日にはクイーンズの自宅まで招待してくれて、手料理をごちそうしてくれたこともあった。

わたしのバスケ熱が〝伝染〟し、一緒にNBAの試合を観戦
NEW YORK POST STAFF PHOTO BY BOB OLEN

八七年五月の結婚式の後、イタリアへハネムーンに出かけ、その夏をサンフランシスコで過ごしているうち、ウオールキルの家を正式に購入できたという連絡が入った。わたしたちは早速、最低限の荷物を運んで仮住まいを始めた。ロングアイランドから巨大なトラックがピートの荷物を運んでくると、モービルハウスに大切な本や資料を入れ、他のものはとりあえず馬小屋の奥に雨が吹き込まないようにしまい込んだ。

ピートは家の玄関近くにライラックの木を植え、スタジオと呼ぶようになった鶏小屋の近くには桜の木を植えてくれた。〝バスケット狂〟のわたしのためにコートまで作ってくれた。

ある晩、森閑とする家のなかで、ピートがこう口にした。

「もう、寂しくないね」

その言葉を聞いてわたしは心から驚くとともに、深く安堵した。ふたりの生活に彼が満足していることが十分伝わったからだった。わたしは婚約いらい、心の奥底ではピートを信じきれていないところがあった。いつかまた……という気が消えずに残っていたが、本心を隠さず話す少年のような心を持っていることを感じて、ようやく信じることができるようになった。

そう。もう、寂しくないわね。わたしは彼の手を取り、しっかり握った。

闘う編集長

ウオールキルの家の改修工事がほぼ終わり、インターネットやテレビのための巨大なアンテナが取り付けられ、家具やロングアイランドの荷物も届いて新しい家に落ち着こうとした一九八八年六月、ピートの古巣ニューヨーク・ポスト紙から、コラムニストに復帰しないかという声がかかった。もちろんピートは二つ返事で引き受けた。

「どれだけ早くコラムを仕上げるか、君はきっとびっくりするよ」

ポスト紙からは一九年も前に謂《いわ》れなき理由で解雇されたのでさぞかし嬉しかったのだろう。しかも、コラムは週三回も書くというのだ。やっと落ち着けると思ったら、今度はまたニューヨークへ出かけることが増えるだろう。というより、ほとんど市内に住むことになるのではないか。

「アパートは新聞社のほうで探してくれているよ」

どんなテーマを書こうか。資料を探したりノートをつけたりと、本人はすっかりその気になっているが、わたしは市内のアパートと田舎の家の生活をどう切り盛りするか、途方に暮れた。それにわたしも日本の月刊誌の連載コラムを引き受けるようになっていた。

「ニューヨーク・ポストは今でこそ軟派タブロイド判だけど、建国の父アレクサンダー・ハミルトンによって創刊されたニューヨークでもっとも古い新聞なんだ。かつてはリベラルを旗印にした勇敢でシャープな新聞だったよ」と何度もいっていた。

ピートがニューヨーク・ポストをよく読むようになったのは、GI奨学金で向かったメキシコから這々の体でニューヨークへ戻ってきた翌々年、ジョン・F・ケネディが大統領選に打って出た頃からだった。ポスト紙の政治コラムを丹念に読むようになると、編集長のジミー・ウエクスラーに手紙を出した。編集長の書いた本について忌憚ない意見を記したところ、ウエクスラー本人から手紙が来て、一度、社に遊びにこないかと書いてあった。会ってみると開口一番、編集長はこう尋ねてきた。

「君は新聞記者になりたいと思ったことはないのかい？」

高校はドロップアウトしているし、大学も出ていないピートに初対面の編集長はこう訊いてきた。ピートはもちろんありますと答え、ポスト紙の採用はこの一言で決まったという。その時のことをピートは繰り返し、こう語った。

「天国の門が目の前で大きく開いたんだ！」

1950年代後半、タバコの煙と活気に満ちていたポスト紙の編集室

〝天国〟とはポスト紙の編集室《シティ・デスク》のことだった。わたしのロフトには〝天国〟の写真がいまでも飾られてある。そこでは白いワイシャツにネクタイ姿の男たちが席について仕事している。タバコの煙が濛々として、マニュアル・タイプライターを叩く音が響き渡り、無線の受信機がカタカタ音をたて、コピー・ボーイが戸口から飛び込んで植字室に駆け込み、やれ電話だの、締め切りだのと叫ぶ威勢の良い声が飛び交う喧騒そのものの空間だったことだろう。

コンピューターが入ってからタイプを打つ音も、無線の受信機がニュースを刻む音もなくなって、みんなスクリーンを見つめるようになってしまい、同じシティ・デスクにいても味気ない思いがしたとピートはよくいっていた。


ニューヨーク・ポスト紙六月六日号第一面は、「ピート・ハミルが悲劇的な記念日にコラム再開」と大きく謳った。ロバート・ケネディ暗殺の現場に居合わせたピートがちょうど二〇年後、ロサンゼルスのアンバサダー・ホテルで起こった事件を振り返る第一回コラムが掲載された。

ロバート・ケネディはピートの友達だった。暗殺されたことは大きな衝撃で、一時は原稿が書けなくなったほどだった。

「あれいらい政治家と友達になるのは相応しくないとわかった」とよく口にしていた。

また、コラムを書くようになってから、わたしが「ボーイズ・クラブ」と呼んだ読書会を自宅アパートで開くようになった。ポスト紙だけでなく、ニューヨーク・デイリー・ニューズ紙の記者や以前、メキシコ・シティ・ニュースで一緒に働いた後輩たちを集めて週一回、一〇人ほどが集まり決められた本について感想や意見を語り合う会だった。スポーツコラムニストの駆け出しだったマーク・クリーグルやコヴェナントハウスのスキャンダルを暴いて頭角をあらわしたチャーリー・セネットといった面々が顔を揃えた。

ピートが哲学から歴史、文学、ジャーナリズムまで、桁外れに多くの分野のたくさんの本を読みまくったのは、本の読み方を教えてくれた人がいたからだったという。それは、メキシコから帰って通うようになった美術大学「プラット・インスティテュート」の英語教師トム・マクマホンだった。彼が週一回、文学の研究会を開いて、ジョージ・オーウエルのエッセイやアリストテレスの『ニコマコス倫理学』を読んで分析したという。そのときの議論がのち、彼の文章に深く影響を与えたといっていた。わが家で開かれた「ボーイズ・クラブ」は明らかにマクマホンの文学研究会のようなものをピートが意図していたのだと今になって思い至る。

さらにピートはどの本のどこにはこう書いてある、誰はこう記しているという記憶が驚くほど鮮明で、一度話し始めると、とめどなく本の引用を語ることができた。

コラムの連載を始めてから週三回、両手の人差し指で叩きつけるタイプの音は機関銃の発射音のように強くリズミカルに響いた。よくあれだけタイムリーなテーマを次々に書けたものだ。

ベルリンの壁が崩壊した一九八九年には、ふたりでチェコスロバキアと西ドイツへ取材旅行に出かけ、ピートは立て続けにプラハで四本、ベルリンで二本のコラムをポスト紙に送った。わたしは朝日新聞に一本書いただけだったが。

編集長にならないかと打診されたのはポスト紙に復帰して五年後の九三年、新聞の経営が行き詰まり、新しい経営者に代わったときのことだった。このときもピートは二つ返事で引き受けてみたものの、ポスト紙はついには破産に追い込まれた。これを救おうといって現れたのがニューヨーク市内の駐車場経営者エイブ・ハーシュフェルドという人物だった。この男は経営者の椅子に座ると同時に、編集長を含むほとんどのスタッフをクビにすると宣言した。

この暴挙を許さず断固として立ち上がったピートはスタッフとともに近くの食堂《ダイナー》に陣取り、そこで新聞を編集して発行し続けた。ポスト紙の創業者アレクサンダー・ハミルトンが涙を流す九三年三月一六日号の第一面はこのときを象徴する表紙になった。

破産申請したポスト紙が裁判所に召喚された日、嫌がるピートに無理やりキスしようと迫るハーシュフェルドの写真がＡＰ通信により全世界に配信され、ニューヨーカーの度肝を抜いた。ニューヨーク・タイムズ紙はじめアメリカの主要新聞が経営者と戦うポスト紙の支持を表明し、ＣＮＮでもニュースとして大きく報道された。今でも我が家の壁を飾るハーシュフェルドのキス写真は来客の笑いを誘っている。そんな写真を自宅の壁に飾ろうというのは、いかにもピートらしいジョークだった。

請われて編集長になったものの結局はクビになるというパターンはメキシコ・シティ・ニュースに始まり、ポスト紙を経て、デイリー・ニューズ紙にも及ぶことになった。

ポスト紙の編集長解任から四年後の九七年、ニューヨーク・デイリー・ニューズ紙の編集長にならないかと声をかけてきたのは、大型ビルなどの不動産経営者モーティマ・ズッカーマンだった。

アメリカ国内の新聞が一つ、また一つと廃刊に追い込まれていたその頃、ピートは時代の流れに対抗するように、それまで作れなかった理想的なタブロイド判新聞を目指し、彼のもてる力と情熱の限りを注いで新聞の再興に努めた。読者を獲得できる読み応えのある紙面づくりに力を入れ、スタッフ全員も編集長の方針に賛同して良いチームワークを組んだが、それも続いたのは八ヵ月。再び、経営者がピートに作らせたいと思う新聞とピートが考える新聞との違いがどんどん広がっていった。経営者はセンセーショナルな記事を望み、ピートが抵抗すると、ついには解雇の通告が待っていた。

持ち前の明るさとポジティブな性格のために、暗く沈んだり、落ち込むことのないピートだったが、この時ばかりはかなり落胆していた。彼の気持ちがよくわかったのでわたしはなんとか励まそうとしたが、何を伝えても言葉は空回りするばかり。こっちも泣きたくなった。

編集長を解任されてからも、わたしたちはニューヨーク市内のアパートとウオールキルの家をほとんど毎週往復した。市内からハドソン川を超えてニュージャージー州に入り、当時のヤオハン（現ミツワ）スーパーマーケットで日本の食材を買い、フードコートで天ざるを食べるのをピートは楽しんだ。天ざるの後には決まって、抹茶アイスクリーム。四輪駆動のＪＥＥＰの旅にはいつも黒いラブラドール・リトリーバーがお供した。ガルシア・マルケスのニックネームを頂戴して「ガボ」と名付けたこの黒い大型犬は、わたしの四〇歳の誕生日を祝して、ピートが贈ってくれたかけがえのない存在だった。

田園と都市の二重生活はピートが望んだ「ピース」をそれなりに提供してくれた。そしてピートがくれた「ゴールド」の一つはこの黒い「ガボ」だったに違いない。それくらい、「ガボ」はわたしたちの生活に笑いと楽しみをたっぷりもたらしてくれた。

ドリンキング・ライフに別れを告げて

ウォールキルとニューヨーク市の二重生活に慣れてくると、田舎の家で過ごす週末は都会の喧騒から逃れ自然に抱かれて過ごせる穏やかな時間になった。ピートは鶏小屋を改造してつくった仕事場の壁一面に本棚を作り付けて好きな本を並べ、イーゼルやアートデスクなども持ち込み、書斎兼アトリエにした。古いメキシコ映画のポスターを貼って、ルチャ・リブレの仮面をかぶったプロレスラーの人形を置いて喜んでいた。

　この鶏小屋スタジオでいちばん良かったのは、執筆に専念できること。母屋やニューヨークのアパートでは朝から晩まで、ピートにかかってくる電話は止まるところがなかった。一度話し始めると長電話になり、その間、わたしは口もきけない。途中で「ノー」といえず、話し始めると止まらない饒舌はアイリッシュの十八番《おはこ》だというと彼は怒るだろうが、俳句の国から来たわたしとはあまりにも対照的。

「ガボちゃん、いやね。パパはまたお電話よ」

こういうわたしの苛立ちを聞いてくれる相手はガボだけ。「わたしは電話と結婚したのかしら」というと神妙な顔をしている。

大きな紙に「ランチです！」「ショッピングに行きます！」「ガボがカメを見つけて格闘しています」などと書いて彼の目の前にかざすこともしばしばだった。

田舎の家では毎日のように思わぬ事件が起こった。たとえば、鹿がきてせっかく咲いた薔薇の花を食べ散らしたとか、スカンクが出没したらしいとか、煙突からコウモリが入ってきたとか、そのたびに男手が必要になるのだが、わが家の殿方はまったくその手の仕事に向いていないシティボーイだった。芝刈りはベトナムから帰っていらいＰＴＳＤに悩む青年が毎週来てくれたし、薪割りも別の人に頼んだ。大木が倒れたというと、これはもう専門の業者に頼んで切断しなくてはならなかった。

残念だったのはこの家を買った途端、ライム病がニューヨーク州に広まったことだった。マダニが媒介する感染症で、コネティカット州ライムという町で発見され、およそ一〇年後には東海岸一帯に広まった。マダニに嚙まれないようにするため、森林を歩くときには長袖長ズボンに靴下で、足首を露出しないよう気をつけなければならない。そのため、敷地はほとんど歩けなくなってしまった。

それでも母屋の前にある池で魚釣りしたいと友人が訪ねて来たり、祝日にはたくさんの友人を集めてバーベキュー・パーティーを開くこともあった。もちろん、我が家でお酒はご法度、ビールも出さなかった。

その頃、かつてライオンズ・ヘッドで一緒に飲んでいた友人の何人かが世を去った。まだ働き盛りの四〇代、五〇代の死は他人事とは思えなかった。

「酒を絶って本当に良かった。ぼくはチャンピオンのまま引退したんだ！」

この頃、極度のアルコール依存症から抜け出せず苦悶している弟のひとりに心を砕き、彼の家族の面倒をみていた。弟の姿と若い頃の自分を重ね合わせ、浴びるように飲んでいた日々を思い起こしたという。弟の姿は泥酔する父親にも重なったのだろう。

「ドリンキング・ライフ」というテーマが浮かび、自然と輪郭をなすようになった。ピートは鶏小屋スタジオにこもって二本の人差し指でタイプライターを叩き続けた。

ロングアイランドから運んできた大荷物のなかには、妹のキャサリーンが母アンから聞いた話を録音したテープがあった。テープは四、五本あって、アイルランドを出てニューヨークで始まるビルとアンの物語からブルックリンの生活までが詳細に語られている。ピートはこれを土台に書き進めた。

執筆の合間には野球バットをもって庭に出た。オレンジ色のテニスボールを池に向かって大きく打つと、ガボが池に飛び込み泳いでいってボールを咥えて戻ってきた。何度も何度も飽きることなく池に飛び込むガボはリトリーバーの本領を発揮、ピートにまた打ってくれとせがむのだった。

ピートの父、ビル・ハミルはわたしたちが出会う一ヵ月前の八四年二月に亡くなっていたので、わたしは会う機会がなかった。父親についてピートが語ることはあまりなかったが、サッカーの試合で足を強く蹴られて骨折し、それがもとで左足を切断したことは聞いていた。

「ペニシリンがあれば、切断しなくて良かったんだ」

救急車が遅れてやってきて、病院に着いてからも翌日まで放っておかれた。そのために壊疽《えそ》してしまった左足は切断するしかなかったという。その父は大酒呑みでバーに入り浸ってはアイルランドの歌を歌っていた。ときには泥酔することもあった。地元ブルックリン・ドジャーズの大ファンで、アイルランドからの移民だった彼を真のアメリカ人にしたのは野球だったとピートはよくいっていた。

『ドリンキング・ライフ』は九四年に出版され、ベストセラーになった。わたしはその本を読んで、義父ウイリアム（ビル）・ハミルのことを初めて知ることができた。

実は、ピートの本名はウイリアム（ビル）・ピーター・ハミルという。ピートはウイリアム（ビル）、つまり父と同じ名前を授かったのだ。

ビルがふたりなので、アンは長男のことをミドルネームでピーターと呼んだ。ミドルネームはアンの父の名前だった。

「でも、ぼくはブルックリン・ドジャーズのピート・ライザーを見て、そうか、ピートという手もあるんだと気づいて、自分でピートにしたのさ」

ウオールキルの家の庭で相棒のガボと〝野球〟
photo by Fukiko Aoki

ピート・ハミルという名前は実はこんなところから生まれていた。

職場からまっすぐ酒場に足を伸ばす父を見て、ピートはどうしてそれほど飲むのか、彼が何を恐れていたのかわからず、はじめは父を軽蔑したらしい。とはいえ一六歳の頃になると、自分も酒とは切っても切れない暮らし、つまりドリンキング・ライフを送るようになっていた。そんなピートが父親の飲まざるを得ない理由を知り、父を乗り越えていく葛藤をこの本は雄弁に語ってくれる。

もう一つ本からわかったのは、ピートが嫌がらず喜んでお皿を洗ってくれる理由だった。

「小さい頃からぼくは皿洗いが大好きだったよ。アパートのなかがあんまり寒かったので、お皿を洗うとお湯で指が温まったからさ」

ブルックリンで育った頃の貧困は、聞いていたよりずっと厳しいものだった。彼が育ったのは第二次大戦の戦前・戦中・戦後期にあたり、母が勤めに出る前に作ってくれた夕食は、ラム・シチュー、大麦のスープ、あるいはポテトとニンジン、ポテトと豆などいまでは理想的な健康食だが、育ち盛りの男の子には栄養価に乏しい料理ばかり。牛肉などは決して買えなかったという。

「ステーキを食べたのは海軍に行ってからのことだよ」

パンは一日経って安くなったものを買いに行った。クリスマスの贈り物はクリスマス当日に母親がデパートのその日の特別セールから買ってきた。ニューヨークでもトップのカソリック校、リージス高校をドロップアウトしてしまったのも、家族の多い家計が切迫していることが一因だった。ピートの育ったブルックリンの生活はわたしの育った五〇年代東京の中流の生活よりずっと厳しかったことを実感する。

わたしが結婚したピートは『ドリンキング・ライフ』の主人公ではあるが、出会ったときには一二年間の「ノン・ドリンキング・ライフ」を経ていた。軽くワインを一口啜ることもなかったし、ノンアルコールのビールですら、口をつけようとしなかった。恐らく一度飲んだらまた飲み始めるのではないかと心配だったのだろう。「自分が現実から遊離しているような奇妙な感じ」を覚えるようになったピートは、一九七二年、大晦日の晩に酒を断ったそうだ。三七歳のときだった。

付き合い始めた頃、わたしはお酒に弱くて飲めないといったら、彼は心底ほっとした顔をしていた。新婚旅行で出かけたフィレンツエでは、郊外にあったマキャベリの家を訪ねた記念にマキャベリ・ワインを買った。そのワインは一度開けたままロフトの片隅に並んでいる。ワインの隣にはウオールキルの鶏小屋スタジオで机に向かって働くピートの写真が並んでいる。足元には〝野球〟の時間を今か今かと待ち侘びるガボが寝そべり、デスクには氷がいっぱい入った大きなグラスがある。中身はもちろんダイエット・ペプシだった。

灰になったコレクション

一九九六年一二月一九日、その頃、ウオールキルの家に同居していた長女エイジュリンからニューヨークのアパートに電話がかかってきた。

「気を確かにフキコ、落ち着いて聞いて……。〝ブックモービル〟が火事になって、今ようやく消防車が帰ったところなの」

えっ、何が起こったの？　冗談でしょう。

「冗談じゃないわ。買い物に出かけて帰ってくると、煙がもうもうと上がっていて……。モービルハウスはすっかり燃え上がっていたの。誰かが９１１《ナイン・ワン・ワン》に電話してくれたので、消防車が何台もきてホースで水をかけていたけれど……もうほとんど燃えてしまったみたいなのよ」

エイジュリンはほとんど泣き声になっていた。

「それで誰も怪我しなかったの？」

「大丈夫」

「なかの本や資料なんか、全部、燃えたの？」

「残ったものはないと思うわ。全滅だと思う」

わたしは言葉を失った。ピートの本や資料などを保管していたモービルハウスをわたしたちは「ブックモービル」と呼ぶようになっていた。そこが突然の嵐に襲われ、コンピューターに繋いでいたサージプロテクターから火を噴いたらしい。ピートが知ったらどれほど意気消沈するだろうか。デイリー・ニューズ紙へ電話すると、ピートはすでにエイジュリンから最悪のニュースを聞いていた。

「まいったね！」

編集室で仕事をしていたので、あまり落胆した声も出せないようだった。

しかし、ピートにとってこれほど打ちのめされることはない。ブックモービルの本や雑誌、切り抜いた記事のファイル、資料などはピートが生涯かけて集めたもので命の次に大切な宝だった。ロングアイランドから運ばれた宝の山の収容場所がなかったので、モービルハウスを借りると決めたのはピートだった。それが裏目に出てしまうなんて誰に想像できただろうか。

すぐにでも飛んで帰りたいと思ったが、保険会社が火事の様子を査定するまで何も動かせないという。週末になって査定が終わり、ニューヨーク市からふたりで駆けつけると、すでに深夜になっていた。地面にはほんのり雪が積もっていたが、夜の闇はどこまでも深い帷《とばり》を下ろし、冷気のなかにものの焦げたにおいが生々しく残っていた。

翌朝、さっそく表に出てみると、朝日にさらされたブックモービルはまるでロケット弾に撃たれて黒ずんだ残骸のようだった。そのまわりに焼けたファイル・キャビネットが横倒しになり、焦げた本や雑誌や紙が至るところに散乱していた。

ふたりとも声も出なかった。

近づいてみると、モービルハウスの天井から空が見える。床は四五度傾き、窓はガラスが割れて開いたまま。ドアも開いたままで黒ずんでいる。焼けて黒くなったコンクリートブロックが、そこらじゅうに散らばっていた。ファイル・キャビネットのなかはすべて黒焦げ、本棚はからっぽ、黒ずんだ本がいっぱい転がっていて、あまりにも無惨。

高さ五メートル、奥行き一五メートルほどのモービルハウスが到着したとき、庭のいちばん奥の目立たないところへ置くようにしたのは、緑いっぱいの自然のなかにはそぐわないアルミ製の仮小屋のようだったからだ。しかし、ピートは嬉しそうに、「ぼくが本棚をデザインするよ」といって、実に熱心に作業していた。入ってすぐの小さな部屋が秘書メリーのオフィス。机にコンピューターを置き、プリンターやファックス、コピー機を入れた。ファイル・キャビネットも壁を背にして並べてある。

その奥にある細長い部屋には、入ってすぐのところにかなり使い古された本棚をいくつか置き、それだけではとても本をしまいきれないので、複数のコンクリートブロックの上に一枚の長い棚板を載せ、それをワンセットとして縦六段、横八列の本棚を釘なしでつくった。新たにしつらえた本棚は、向かい合わせで二セット鎮座している。ピートに案内してもらって足を踏み入れると、その蔵書の数に改めて圧倒された。まず、お目にかかるのは、音楽の本が収められた棚。ポップス、ロックンロール、オペラ、クラシック、ブルースが三段分を占拠し、ボブ・ディランやローリングストーンズ、フランク・シナトラがあった。ビリー・ホリデーやチャーリー・パーカー、ジョン・バークス・″ディジー″・ギレスピーは棚の下のほう、上のほうには譜面の本が並んでいた。

「ぼくは譜面が読めないけれど、時々、取り出してまるでポール・クレーかアンリ・ミショーの絵画を見るように眺めているんだ」

詩人だけが集められた本棚もあった。上のほうの段に脚本があるが、シェークスピアだけで棚一段分を占めていた。

「初めて見た芝居はハムレットだった。一一歳の誕生日に母さんがチケットを買うお金を工面して連れて行ってくれたんだ。モーリス・エヴァンス主演だったのを覚えている」

シェークスピアの下の段にはエドワード・アルビー、ハロルド・ピンター、テネシー・ウイリアムズ、アーサー・ミラー、サム・シェパード、デヴィッド・マメット、ジョン・グエア、リロイ・ジョーンズが続く。チェーホフの戯曲はニール・サイモンのブロードウエイ・ヒットに続く。ユージン・オニールのほとんどの戯曲もここにあり、ピートは『夜への長い旅路』を取り出して目を通すこともあった。

戯曲の下段に設けられたのはハリウッドの棚。グレアム・グリーンやウイリアム・ゴールドマンの脚本。ジョン・ヒューストンやフェデリコ・フェリーニなど映画監督についての本、チャーリー・チャップリンやゲイリー・クーパーについての本。エリア・カザン、ジョン・フォード監督などもある。

その他の棚も、本のジャンルごとにきちんと整理整頓されていた。映画の棚の隣には六〇年代とベトナムに関する本が並ぶ。下方の段には第二次大戦と朝鮮戦争の本。トム・ヘイデン、アビイ・ホフマン、シカゴ・セブン、ザ・ベリガンズ……。ブラックパンサーやSDS（Student for a Democratic Society）の文書や宣言。ホー・チ・ミンの伝記とディエンビエンフーの記事やペンタゴン・ペーパーズ、テト攻勢。それらはピートにベトナムのイメージを喚起させた。ジュークボックスからアレサ・フランクリンの歌が大ボリュームで流れるサイゴンのツドー通り。首都ワシントンでの反戦を訴える学生たちの叫び、ウッドストックへ向かうギターを手にした若者の列。

「いつかこの時代を書いてみたいと思ってずっと集めてきたんだ」

棚を眺めて懐かしそうな顔をする。

ピートは夜遅くになってから愛犬ガボを連れてブックモービルに行くことが多かった。芝生のなかを散歩した後には、必ず、宝の山に足を伸ばした。時には数時間もいることがあった。わたしはその時間帯、東京の編集者と電話で打ち合わせしていることが多かった。姿が見えないから、いったいどこに行ったのかと思っていると、ブックモービルに電気が灯っているのだった。夜露で濡れた芝の上を歩いて、扉を開けるとガボが横たわっている。入口のローリングストーンズやシェークスピアの棚の隣が大好きな寝床だった。

フィクションばかりがずらりと並ぶ棚もあった。アリサ・アダムズからマイ・セッタリングまで。ディケンズの本すべて。一七歳で海軍にいた時に初めて読んだジョージ・デュ・モーリアの『トリルビー』の四版すべて、ジョン・オハラの全作、エド・マクベイン、エヴァン・ハンターによるおよそ三〇作、エリック・アンブラーとグレアム・グリーンの作品。下の段には『アスファルト・ジャングル』や『リトル・シーザー』を書いたW・R・バーネットの小説。ほとんど忘れられた作家なのでいつか書いてみたいとピートは思っていた。

ハメットとチャンドラー、ハードボイルドや現代スリラーの名手たちの小説も並ぶ。ここでピートのいちばん大切なコレクションはミッキー・スピレインによるマイク・ハマーの初版本だった。すこし埃をかぶっているがきちんと揃ったハードカバー。一九七六年にピートがハリウッド・ブールバードの古書店で買った宝物だ。

自作のみを並べた棚もあった。そこには一九五八年に初めて活字になったピートの二篇の詩が載る、プラット・インスティテュートの文芸誌が収められている。

これらのコレクションのなかで、ピートがもっとも大切にしていたのは一九五〇年代にペンギン版で発行されたアリストテレスの『ニコマコス倫理学』だ。使い古されてほとんど表紙が落ちてしまったため何十年にもわたって何度もテープで補強され、ピートとともにずっと旅してきた一冊だった。メキシコからの帰国後に通った美術大学で文学の研究会を開いてくれたマクマホンの教材だったこの本も、すっかり灰になってしまった。なかにはピートのスケッチブックに混じって、来日した時にいただいた色紙もあった。映画『幸福の黄色いハンカチ』に出演した桃井かおりさんが「ピートさん、大好き」と黒のマジックペンで記してくれた色紙も、さまざまな人たちから受け取って大切に保管していた手紙もなくなった。

「海軍に行ってから母さんが送ってくれた二〇〇通以上の手紙が全部、無くなった。父の手紙も……」

ビル・ハミルは戦争中、綺麗な文字を書くということで雇われていた時期があった。タイプの普及していなかったあの時代、手書き文字がハミル家の生活を支えていた。友達からの手紙もたくさん保管していた。

「ジョン・レノンの手紙はまだ他にあったはずだよ」

ピートはわたしに実際の手紙をみせてくれながらそういっていた。インタビュー・テープも灰となった。ボブ・ディラン、モハメッド・アリ、ロバート・ケネディ、フランク・シナトラなど、取り返しのつかないものばかりだった。

「もうウオールキルの家は売りに出してしまおう！」

結局、それまでに九年持っていた家を売るというピートの言葉にわたしも反対はなかった。しかし、売りに出すにはこの焼け跡の残骸を始末しなければならない。

次の週からわたしはひとり残って残務整理にあたった。ニューヨークの歴史に関するファイルが奇跡的に難を免れていたのは幸運だった。焦げのひどくない本も捨てがたかった。

コロナ禍によってリモートワークが普及した今だったら理想的な住まいだから、多くの買い手がついただろうが、その頃、六二エーカーもある元農家を買おうという奇特な人はなかなか現れなかった。ほとんど買い手の希望価格で手放すことになった。

すべての荷物を引っ越し業者に渡してから、深夜のウオールキルに別れを告げた。ガボを乗せて高速道路を運転していると、となりの車が右へ左へうねるように蛇行していた。深夜三時、誰もが夢の中にいるような時間に、わたしもこれが現実とは思われないような感覚のまま、ピートの待つシティへ向かった。

ダイエット大作戦

ウオールキルの家で『ドリンキング・ライフ』を書いていた一九九一年頃、ピートの体重は二四二ポンド（一〇九キロ）を数えた。身長一八〇センチだから、平均体重を七六キロとしたら、三三キロもオーバー。それまで五年の結婚生活で、明らかに体重は増えていた。お腹は突き出し、顔にも贅肉がついてきた。ダイエットを始め、パンやライスを減らし野菜を多くとるようにしても、そうは簡単に体重を減らすことはできなかった。

原因はまず、どこへ行くにも車で移動するのでほとんど歩かなくなったこと。本を書いていると、座ったままで体を動かすことがほとんどなかったこと。さらに、夕食をとる時間が遅かったこと。

夜九時、一〇時にようやく夕食になるのは、わたしのせいだった。およそ半日の時差のある日本とのやりとりのために深夜まで仕事をしていたので、目覚めるのは早くて朝一〇時頃。ピートはもっと早く起きて、新聞を買いに最寄りの商店まで出かけ、ひとりでシリアルなどの朝食をとりながら新聞を読み、仕事を開始する。ようやく起きてきたわたしは近くのニューポルツの街まで車を飛ばして魚屋やデリに行ったり、ファーマーズ・マーケットで新鮮な野菜を買って帰ってくると、ランチの用意に取りかかる。

ランチはだいたい魚料理。たとえば、サーモンとかカジキマグロのソテーにブロッコリーなどの野菜を添えたもの。ピートはいつも喜んで食べてくれ、ランチの後にお皿を洗ってから必ず昼寝した。

「昼寝すると二回、朝になるから頭が冴えるんだよ」

よくこういって、誰にでも昼寝を勧めていた。

ピートはわたしに家事を期待していたわけではなかったが、いざ居を構えると、こまごました雑用が次から次へと出てくる。都会の便利なアパートと違って、田園の農家は不便なことばかり。たとえば、行きつけのスーパーマーケットへ車を走らせるだけで片道一五分はかかる。いざ仕事をしようとすると、もう夕方になっている。愕然として、ファックスの返事を書いたりしていると、すでに夜九時はすぎており、慌ててパスタなどを作って夕食にすると――ああ、もう一〇時ではないか。

ピートはパスタが大好きだったので、新鮮なトマトソースをのせたペンネと青野菜のサラダとか、スパゲッティ・バジルソースにトマトとモッツァレラ・チーズ（カプレーゼ）などをたっぷり食べた。

ニューヨークに戻ってからの生活も同じようなものだった。わたしは夜遅くまで仕事をして昼近くまで起きず、ピートは自分で起きてデイリー・ニューズに出社した。アパートのキッチンは狭いのであまり料理する気も起きず、ついつい出前に頼ってしまう。ピートが遅くなって帰ってくると、まだ出前してくれるチャイニーズ・レストランから「左将《ツォ》軍のチキン」というメニューをよく頼んだ。唐揚げのチキンに甘いこってりしたチリソースがかかったもので、ピートのお気に入りの料理だったが、どれほど肥満を促進したか計り知れない。

さらに、問題は喫煙だった。お酒をやめたピートのニコチン中毒ははなはだしく、一日にマルボロ・ライトを三箱ほど開けていた。そういうわたしも負けず劣らずヘビースモーカーで当時は二箱近く吸っていた。

タバコは原稿執筆に欠かせず、ふたりでやめようと何度も誓い合うものの、すぐに手が伸びて元の木阿弥になるのだった。

「飲んでいると原稿が書けなくなるからお酒はやめられたけれど、ニコチンは集中力をつけてくれるから、やめるのはなかなか難しい」

という言い訳をよく口にしていた。

ついに『ドリンキング・ライフ』を脱稿し、デイリー・ニューズ紙の編集長職を解任されると、ピートはメキシコの「ホテル・スパ・イクスタパン」に出かけ、二週間のダイエットを敢行することにした。タバコをやめ、エクササイズして減量に努める。その体験記は月刊誌「フォーチュン」に寄稿することになった。

イクスタパンはメキシコ・シティから一時間ほど南西にある小さな街で、ブーゲンビリアの花が咲き溢《こぼ》れ、椰子の木が繁り、グリーンの温水プールでは子供たちが遊び、大きなプールのパラソルの下では年配の女性がまどろんでいた。椰子の木とマリアッチの音色。ピートの大好きなメキシコだ。

ここで出される食事は三食合わせて九〇〇キロカロリーという。かなり制限されたもので、喫煙ももちろん禁止。「禁煙するためにはエクササイズしなければならず、エクササイズするためには禁煙をしなければならないんだよ」と電話口で笑っていた。

スパの朝は六時頃、まだ夜も明ける前、パワーウオークと呼ばれる散歩に始まる。八時には戻ってきて朝食、グレープフルーツ、トースト、カッテージチーズにポーチド・エッグとシリアルなど。朝食後にはグリーンの温水プールで水中エクササイズ、午後にはマニキュアとペディキュア、マッサージと続く。フェイシャルはとくにお気に入りで、顔のたるみをゴシゴシやってくれた後、冷たい顔マスクをかけてくれる。バナナやリンゴ、アボカド、きゅうりなど毎日違ったフレーバーだった。

「マスクをして暗いなかで静かに横たわっているのがすごくいいんだ。女の人がなぜ、男より長生きするか、わかるようになってきたよ」と呑気なことをいっていた。

一〇日後に行ってみると、ピートはフェイシャルの効果を見せてくれた。確かに顔のたるみは大分なくなっていた。二週間のプログラムが終わると、彼は六キロ痩せてまだ禁煙を続けていた。呼吸するときに変な音が出なくなったと嬉しそうに語っている。


イクスタパンからの帰り道、友人の住むクエルナバカという街を訪ねたわたしたちはガルシア＝マルケスが『百年の孤独』を書いた家に足を運んだ。豪華ではないが、高い塀に囲まれた平均的な中流のメキシコ人の家だった。マルケスは新聞や雑誌などの仕事を放り出して一心不乱にこの本を書いていたので、大家さんのところに毎月、家賃の支払いを先延ばしにしてくれと頼んだのは夫人のメルセデスだったという。キューバで会ったとき、マルケスはこう話してくれた。七ヵ月に及ぶ家賃延期ができなかったら、この世界的名作は生まれなかったかもしれない。

その街には定年を迎えたアメリカ人が多く住み、プールのある大きな庭付きの家でメイドさんや料理人に囲まれて暮らしていた。家賃も人件費もニューヨークに比べたら桁違いなほどリーズナブルなので、優雅な暮らしが楽しめるというのだ。温暖な天候が一年中続き、パワーウオークをやったり、プールでエクササイズに励んだりしながら、執筆に専念できる理想的な環境に見えた。

「いつか、この街に家を借りられたらいいね」

ピートがそういった。結婚前、ニューオリンズで一緒に過ごした際に、メキシコで大きな庭付きの家を借りるのも良いね、といっていたのを思い出した。そういえば、ピートはいつだって理想の家を追い求めていた。少年時代から思い描いてきた「心の底からくつろげる場所」を手に入れたかったのだろう。

それから約一年後、ピートの夢は思いがけず叶った。クエルナバカの教会に近い通りに理想的な家が見つかったのだ。教会の枢機卿が使っていた馬小屋を改装して作った古いピンクの家で、大きな庭があり、細長い母屋の先にプールがあって、小さな離れがついている。この離れはピートの仕事部屋にぴったりだった。そういえば、マルケスもあのメキシコ人の家では、母屋でなく別棟の離れにこもって原稿を書いていたというのだった。

ヘミングウエイも執筆に励んだのはサファリで射止めた動物の剝製が飾られた広い母屋ではなく、外に建てられた四階建の望楼の中の小部屋だった。フロリダ半島先端にある島キーウエストに大きな家を構えていたが、その家でもまだ足らず、遥かキューバまで渡って、さらにハバナ郊外の四階建の見晴台の上まで登らないと原稿が書けなかったらしい。

クエルナバカの家の離れは、マルケスの別棟より小さいし、ヘミングウエイの望楼には及ばなかったが、仕事場として十分使える。

ニューヨークからメキシコ・シティまで五時間のフライト、早朝の便に乗ってメキシコ・シティに到着し、車で一時間半揺られると午後遅めのランチ・タイムには着いてしまう。

「エスタ・リスト（ランチの用意ができました）」

料理人のエレーナがこう声をかけてくれる。

「フキコは〝エスタ・リスト〟が大好きだ」と何回ピートにからかわれただろうか。オアハカ出身のエレーナがつくってくれるのは素朴な郷土料理で、食べ頃のアボカドを使ったワカモーレ、小海老や白身の魚をふんだんに使ったセビーチェ、トウモロコシを何日も煮てつくるポソレなど。どれもさっぱりしていて美味しかったし、モレソースは絶品だった。

考えてみれば、クエルナバカに家を借りていた一〇年間、ピートはここでよく歩き、エクササイズに励み、シェープ・アップして体重を減らした。電話もストレスも少なくよく働いた。クエルナバカでどれだけ命を延ばしたことか……。数年後には愛犬ガボも引退先としてこのクエルナバカの家に住まうようになった。

『ドリンキング・ライフ』（一九九四年）は五九歳の時に発表された作品になる。六〇代に入ってピートはますます精力的に仕事を続けた。ベストセラーになった『八月の雪』（一九九七年）、『ザ・ヴォイス――フランク・シナトラの人生』（一九九八年）、『ディエゴ・リベラ』（一九九九年）、そしてロングセラーになった『フォーエヴァー』（二〇〇三年）、『マンハッタンを歩く』（二〇〇四年）を立て続けに出版した。このほか、新聞のコラム集とジャーナリズムに関するエッセイ集も出し、エスクワイアなど雑誌の仕事も多くこなした。

その間、六三歳の年に二型糖尿病が発見された。デイリー・ニューズの編集長をしていた時、あまりの忙しさで一年、定期検診を受けないでいたら、その間に糖尿病になっていたのだ。もしもあの時、定期検診を受けていたら……と、今も悔いが残る。

9・11

二〇〇一年九月一一日はニューヨーク市長選予備選挙の日だった。前の晩、ピートはそれまで数年かかった長編小説の完成原稿が上がったので、ふたりでお気に入りのレストランへ行って乾杯しようと話していた。新刊のタイトルは『フォーエヴァー』。長い間、ニューヨークの歴史を書きたいと思っていたピートが永遠《フォーエヴァー》に生きてしまう主人公を通して、ジョージ・ワシントンに始まるニューヨークの歴史を描く壮大な歴史小説だった。

当日の朝八時、ピートは「ツインタワー」として知られる世界貿易《ワールド・トレード》センタービルに近いニューヨーク市庁舎隣のツイード・コートハウス（ボス・ツイードの時代の裁判所庁舎）で開かれた歴史協会のミーティングに出かけた。八時四六分に大きな騒音がしたが、ニューヨークで大騒音など日常茶飯事、気に留める者はいなかった。九時になるちょっと前、スタッフのひとりが部屋に駆け込んできた。

「アメリカン航空のジェット機がツインタワーの一つに衝突した」

この声を聞いたピートはコートを掴んで表に飛び出て、目抜き通りのチェンバーズ・ストリートへ向かった。サイレンを鳴らしたパトカーや救急車がトレードセンターの方向へ走ると、ツインタワーから出る灰色の煙がスローモーションのように次第に大きくなっていったという。

九時三分、ドカーンという大きな爆発音を聞いたピートはオレンジ色の巨大な炎が噴出するのを目撃した。まさに南タワーにテロリストの操縦するジェット機が衝突した瞬間だった。機体までは見えなかったが、地面を揺るがすほどの轟音だった。


その時、わたしはまだベッドの中にいてドカーンと響く衝撃音で飛び起きた。トライベッカのロフトにトラックでもぶつかったかと思うほどの異常を感じた。

「トレードセンターにジェット機がぶつかった！　いま南タワーの爆発を見たんだ。テロにちがいない」

現場に駆けつけるため、ニューヨーク市警発行の「ワーキング・プレス」パスを取りに帰ってきたピートはこう叫んだ。

「待って、わたしも一緒に行くから」

急いで着替えてスニーカーを履き、野球帽をかぶって、メモ帳をカバンに入れた。

表に出ると昨晩の雨が上がって、雲一つない見事な快晴だった。ブロードウエイに出ると、たくさんの勤め人がトレードセンターを背に北方向へ向かって歩いていた。歩道にはたくさんの革靴やハイヒール、スニーカーなどが転がっていた。靴を脱ぎ捨てて逃げた人たちのものだろう。

トレードセンターはわたしたちのアパートから一三ブロック（一ブロックは約七〇～八〇メートル）南に位置する。ピートと一緒に勤め人とは逆に南へ向かって足早に歩き、三ブロック下がったところで、煙を吐くツインタワーをわたしは初めて目にした。さらに五ブロック下がってチェンバーズ・ストリートに着くと、オレンジ色の巨大な炎を噴出させる両タワーがはっきり見えた。さらに南下すると警官の数が多くなり、ブルーのバリケードをトラックから下ろしたり、急行した緊急車両へ指示を与えている。

トレードセンターの北側に位置するヴェッシー・ストリートへ右折しようとしたところで警官に制止されたが、ピートが市警の「ワーキング・プレス」を見せるとすぐに通してくれた。そのままチャーチ・ストリートに近づくと全貌が見渡せた。

鉛色の猛烈な煙が真っ青な秋空を覆い、東のブルックリン方向へ流れていた。ツインタワーのスチール製外壁が朝日を浴びて銀色に輝き、南タワーでは真中より少し上の階、北タワーではそれより上階近くに大きな黒い穴が空いている。穴の周りは焼けただれ、どす黒い傷口を曝け出している。そこから黒い煙が勢いよく上がっていた。

ヴェッシー・ストリートにはジェット機の車輪の中核部分と思われる丸い鉄が転がっていた。その大きさに改めて息を呑む。歩道には灰をかぶった靴が散らばり、朝食用に買ったパンの入った紙袋、書類の詰まった仕事鞄、その近くにすでに変色した血痕がいくつもあった。

北タワーの、あんぐり空いた燃える窓から小さな人影が飛び降りていった。白いシャツを着た男性と思われる。

「これで一四人目だ。なんて気の毒な!」

隣にいた警官が呟いた。

いまこの瞬間にも、あの高いタワー上階から地上を見つめている人たちが何人いるのだろう。彼らの気持ちを思うと神に祈りたいほどだった。わたしの横を上半身裸のビジネスマンが放心したようにブロードウエイ方向へ歩いていった。

このとき、隣にいたふたりの警官のひとりが携帯電話から耳を離すと、相棒に向かってこう呟いた。

「信じられるかい。ペンタゴンにもジェット機が突っ込んだって、母さんがいってるぜ」

もうひとりの警官はこう唸った。

「ハイジャックされた別の航空機がまだどこにいるかわからないって……」

その瞬間——九時五九分だった——南タワー上階部分で大きな爆発が起こった。巨大な煙が上がったと思うと南タワーがどんどん崩れ落ち、こなごなに裂けたタワーの外壁や鉄骨、窓ガラスなどの残骸がきらきら銀色に輝きながら、わたしたちの頭上めがけて落下し始めた。巨大なタワー全体が襲ってくるようで、あれを浴びたら命はないと思った。わたしは全速力でブロードウエイを目指して走った。

「ゴー、ゴー、ゴー!」

警官が隣で叫んでいる。ブロードウエイにつくと、

「レフト、レフト、レフト!」

警官が叫んでいる。

チェンバーズ・ストリートに近づいてやっと振り返ってみると、わたしの後ろに続いていると思っていたピートがいない。

「ゴー、ゴー、ゴー!」

警官がまた叫んでいる。

わたしはとりあえず、アパートへ戻ってみた。エレベーターを降りて鍵を開けると、ピートは帰ってきていない。水を飲み、テレビをつけた。オレンジ色の火を噴きながらも立っているのは一本のタワーだけだった。南タワーは崩れ落ちました、と報じるキャスターの声が聞こえた。わたしたちがさっきまでいたところではないか。一生後悔してもしきれない間違いを犯したか、と背筋が凍った。なぜ、ピートが後からちゃんと走ってきているか、振り返って確認しなかったのだろう。そう思う一方、新聞記

者として四〇年以上の経験がある彼なら、どんな状況でも生き延びるに違いない、とも思えるのだった。ピートを探しに現場方向へ戻ってみよう――。

九時五九分、ピートは南タワーからポン、と裂けるような音を聞いた。同時に小さな爆発が起こり、壁が膨らんで破裂し、雪崩のように崩れ落ちてきた。

「走れ！」

隣のフキコに声をかけた瞬間、崩れ落ちたタワーから二五階分の高さもあると思われる灰が流れ落ちてきた。ピートは警官に誘導されてヴェッシー・ストリート二五番地の建物に駆け込んだ。ところが、ビルに入ってみるとフキコがいない。ロビーから表に出ようとすると灰に包まれたガラスのドアは開かない。彼は妻の名前を呼び、ここから出してくれ、ワイフがいないんだ、頼むからと叫ぶと、誰かがドアを開けるなと大声で叫んだ。

その建物の管理人が地下に別の出口があるというので地下へ降りていったが、出口などなかった。冷水機があったので灰を飲み込んだ口をゆすぎ、墓穴のような地下室から逃げ出してフキコを探そうと思った。

「こっちへ来い！」

誰かが叫んだので再びロビーへ戻ると、全身白いパウダーに覆われた警備員が唾を吐き、咳き込んでいた。まるでホラー映画のようだった。

警備員がガラスドアを壊して外へ出られるようにしてくれた。なかにいたのはほんの一四分くらいだったが、一時間もいたように感じた。

表へ出てみると通りはすっかり白い粉に覆われていた。警官も歩行者も白人も黒人も女性もみんな白い亡霊のようだった。タワーからはまだ白い灰が襲ってきた。ピートは二インチも灰に覆われた通りをブロードウエイに向かって走った。シティホール公園もすっかり灰に覆われ、白い紙が至るところに散らばっていた。株の購買、ステートメント、請求書、領収書、粉々にされた紙吹雪。灰で髪が白くなった黒人女性が呆然と立ち尽くし、アジア系の女性は顔面がパウダーで真っ白。でも、フキコはいない。

彼は通りを進む大勢と一緒にブロードウエイを北へ向かい、やっとアパートへ着いた。ちょうどわたしがドアから出てきたところだった――。

わたしたちは長い間ハグした。ああ、無事だった。

その日からキャナル・ストリート以南は立入り禁止になったが、わたしたちのアパートは立入り禁止区画のなかにあったので、世紀のテロの取材を続けた。ダウンタウンは全域、電気もガスも水道もなく夜は真っ暗、燃え続けるトレードセンターの煙にむせぶようだったが、ワース・ストリート以北にあるわたしたちのアパートは電気もガスも水道も使えて普通に生活できた。それでも漂ってくるあの何かが燃えたようなにおい。焼き場のにおいだという人も多かったが、それだけでない、ケミカルも混じった独特のにおいは長い長い間、忘れることができなかった。

ピートは完成したはずの長編歴史小説『フォーエヴァー』の手直しをしなければならなくなった。この本ではニューヨークの歴史を書いているのに、9・11抜きには終わらせられない。それから大幅な書き直しに取りかかり、一年以上かけて完成させた。刊行された小説の中で、主人公は恋人を探して両タワーが崩れ落ちた跡を探しまわる。最後のシーンはわたしたちふたりの体験から生まれたのだ。

ハネムーンをもう一度

パリに行こうと言い出したのはピートだったか、わたしだったか。二〇〇七年五月二三日には結婚二〇年を迎えようとしていたから、ふたりとも思い出の場所へ行きたいと思った。

ハネムーンにどこへ行きたいか訊かれた時、わたしはイタリアと答えた。ピートは何もいわずわたしの希望どおりにしてくれた。その頃はピートがどれだけパリを夢見ているか知らなかったので、二〇周年はパリでハネムーンのやり直しをしようと決まった。

ピートのパリは実に明快だった。サン・ジェルマン・デ・プレが彼にとってのパリだった。それも「カフェ・ド・フロール」と「レ・ドゥ・マゴ」を中心とした地域だ。

希望通り五月二三日の前に二つのカフェに近いホテルに到着すると、チェックインまでだいぶ時間があったので、早速フロールへ出かけた。ピートがこのカフェにこだわったのは一九五〇年代、ジャン＝ポール・サルトルがシモーヌ・ド・ボーヴォワールとともにここへ毎日のようにやってきたからだ。

「サルトルとボーヴォワールはそれぞれ別のアパートをもっていたんだ」

ピートはコーヒーを注文するといかにも満足そうな顔をしていった。

「たしかこのカフェの二階がサルトルの仕事場だったはずだよ」

ふたりは住まいと仕事場を別にしてカフェで議論を交わした。作家にとってなんと理想的な生活ではないか。

ボーヴォワールがサルトルの体調に異変を見つけたのは一九七〇年だった。それまでにも彼は目眩がしたり、旅先のローマでよろめいたこともあったが、この年から亡くなる一九八〇年まで彼女は一〇年間つけた日記にもとづいて、サルトルの最期を『別れの儀式』に記している。

午後三時、ようやくチェックインすると、映画の舞台にもなったパリでも有数のホテルなのに部屋が極端に狭く、スーツケースも全部あけられないほどだった。ピートはすっかり腹を立てて別のホテルへ移ろうと言い出した。

わたしたちは翌日、レ・ドウ・マゴで軽いランチを食べ、サン・ジェルマン・デ・プレ教会を通り越してドラクロア美術館を訪ねた。ここはかつてドラクロアがアトリエとして使っていた住まいで、フュルスタンベール広場の一角にある。この広場に佇んでいると、ドラクロアに会いにショパンが訪ねて来たあの一九世紀のパリに連れ戻されるような気がする。

広場からセーヌ通りに出ると通りには画廊が並び、バルザックが印刷業を起こしたヴィスコンティ通り一七番地もある。そんなパリにすっかり馴染み、セーヌ河畔の本屋さんを覗いたりしているうち、ついに結婚二〇年を迎えたという感慨を覚えた。


「スティル・オン！」

ピートは結婚直後、仲の良い友達に会うと必ずこういってみせた。まだ結婚しているよ、といういかにも彼らしい冗談だった。それくらい周りを驚かせ、そう長続きはしないかもしれないと思わせたわたしたちだったので二〇年の意味は大きい。

その間、さまざまなことがあった。はじめの頃にはすっかり頼みにしていた会計士のオスカーが、わたしたちの結婚九年後に亡くなった。彼の書く文字や数字が読めなかったわたしは帳簿の意味もつかめなかったので、当時、開発された会計ソフトを使ってみることにした。オスカーにその話をして了解をもらい、秘書のメリーが帳簿の数字をソフトに入力していくと、訳のわからない出費が計上されていることに気がついた。オスカーのキャデラックの新車の購入前金、彼の孫のものらしい大学の教科書代金など。

わたしたちは言葉を失った。引退先のフロリダまで会いに行って尋ねてみようとした時、突然、彼が他界したと家族から連絡が入った。

「なんというタイミングだ！」

ピートはこう唸って、結局、彼の葬式へ出かけることになった。

せめて月末の帳簿の帳尻などをピートが見ていれば良かったのだ。お金のことはすべてオスカーに任せっぱなし、そんな関係が三〇年近くも続いた結果だった。

ピートは金銭面のことはまったくわからず、わかろうともしなかった。結局、わたしが支払いから入金に始まり、会計ソフトを使って帳簿付も取り仕切ることになった。収入はいつも安定しなかった。本が出ることが決まり、出版社から前渡金をもらうと、わが家も潤うが、その後、しばらく収入が途絶えることもあった。わたしの稼ぐ原稿料や印税などは雀の涙程度なので家計に貢献するわけでもなく、不安定なわが家の家計管理はわたしの肩に大きくのしかかった。


わたしたちはセーヌ通りからマイヨール美術館を訪ねた後、その晩はAP通信パリ支局を訪ねて友人と夕食に出た。

翌二三日の記念日は早朝から、ルーブル美術館へ出かけた。ガラスのピラミッドの入口から入ると、なかはかなり混んでいた。二階のドノン翼に向かうとまるで日本の通勤電車のごとく、平気で押しまくる団体客の横暴さにピートも声を失い、しばらく身動きできずにいるうちに次第に気分が悪くなってきた。ようやく解放されると、目眩がする、すぐ外へ出たいと言い出した。モナリザもドラクロアの「民衆を導く自由の女神」も見ず、楽しみにしていた三階のフェルメールやルーベンスにも足を向けないまま表に出ると、そのままホテルへ戻り、ベッドへ潜り込んだ。夕食は予約したレストランにふたりで出かけスパークリング・ウオーターで乾杯したが、食欲もなく、メインコースのローストチキンもほとんど残してしまった。旅の疲れもあったのだろうし、時差も影響したのだろう。

翌日には別のホテルに移り大きな部屋に落ち着いたので大分、気分が良くなった様子だったが、ヘラルド・トリビューン紙に頼まれた書評を書かなくてはならないといい出して、ホテルに籠るようになった。

わたしは仕方なくひとりでノートルダム寺院やマリー・アントワネットがギロチンにかけられる前に収監されたコンシェルジュリー、オーランジュリー美術館を訪ね、次の日にはシャンゼリゼからプティ・パレなどをまわった。

旅の写真を見ると、ピートはまだ隆々として元気そうだ。精力的に本を出し、新聞や雑誌にも書きまくるほどの生命力があった。

風邪をひくことはあったが、ほとんど病気らしい病気をしたこともなかった。一回だけ、結婚二年後の定期検診で肺のなかに異物が発見された。それは肺の上部にあって取り出しにくいので、手術が必要になった。

「がんではなかった!」

背中から開く手術の後でそう教えてくれた医師の興奮した口調を今でもよく覚えている。あれだけタバコを吸っていたので肺がんになっても仕方ないと思っていただけに、どれだけ安堵したことだろうか。

手術が終わって病室に戻ってきたピートは弱々しく手を差し伸べて、「このために結婚したんじゃないよ」といって泣き出した。まさか自分がそんな状態になるとは思わなかったのだろう。

しかし結婚から二〇年、ルーブル美術館で起こったことは、それから数年後への序曲だったのかもしれない。サルトルの目眩のごとく。

災いはハリケーンとともに

「ずいぶん大きなハリケーンが来るみたいだよ」

二〇一二年一〇月、東京に帰っていたわたしはピートが電話でこういうのを半信半疑で聞いていたが、一〇月二九日（東京時間）になってみると翌三〇日に予約していたニューヨークへの帰国便が突然キャンセルになった。ハリケーン・サンディが米東海岸に上陸し、勢力を保ったままニューヨークを直撃したという。マンハッタン最南端の公園バッテリー・パークを四・二メートルの高波が襲い、強風と冠水で送電システムは停止。ダウンタウンは停電で真っ暗になったとニュースが伝えた。わが家も停電したにちがいない。ピートとも電話が通じなくなってしまった。いちばん早くニューヨークへ飛ぶ便を予約しようとしたが、一一月二日のキャンセル待ちしか取れなかった。

三一日、ようやくわが家の電話が繋がり、心細そうなピートの声が聞こえてきた。

「真っ暗だよ。電気がつかないから本も読めないし、暖房が止まって寒くてしょうがない」

アシスタントを長くつとめているシバさんが暗闇のなか一時間も歩いて駆けつけてきてくれて、ガスを使って大きな鍋に湯を沸かし部屋が暖まるようにしてくれたほか、ろうそくを何本も灯し、さらに固定電話が使えるようにしてくれたという。

地下鉄は冠水して動かなくなったし、ニューヨーク証券取引所も二日間にわたって取引停止になった。ロッカウエイ・ビーチなど海辺沿いに並ぶ家はことごとく破壊され、死者はニューヨークで四三名を数えたと発表された。しかし、停電はダウンタウンだけ、ミッドタウンから北は電気も通常通りで問題ないという。

「お願いだから、すぐにアパートを出て、ブライアンのアパートへ泊まるとか、ホテルにチェックインしてちょうだい」

こう頼んだが、ピートは動こうともしなかった。弟のブライアンや友達に迎えに来てもらうとか、暖かいところへ移動できるはずなのに……。これまでにないほど巨大なハリケーンの被害やアパートの状況がわからないので、一刻も早くニューヨークへ帰るしかない。

一一月二日、空港へ着いてみると幸運なことに、ニューアーク空港行きユナイテッド航空七八便の最後の席を確保することができた。

乱気流をくぐり抜けたジェット機がニューアークの滑走路へ着くと、わたしはすぐ携帯で電話をかけた。

「ハニー、着いたのよ」

電話口に出たピートは驚いていた。

「いま、どこ?」

「ニューアークよ。無事着いたところ」

こういうと、言葉もなくずっと黙っている。と、啜り泣く声が聞こえてきた。

「もう大丈夫。家へ向かうから待っててね」

スーツケースをピックアップして車に乗り込み空港を発つと、インターステート七八号線は薄闇に沈んでいる。ハドソン川対岸から見えるマンハッタンの夜景はいつも美しいが、ダウンタウンがほとんど真っ暗というのは初めて見る姿だった。その暗闇のなかをどうやってわが家まで帰り着いたか、あまり正確な記憶がない。覚えているのは無事ホーランド・トンネルを抜け、灯火のない近所を手探りのようにゆっくり進んだことだった。

アパートに着いてみると建物自体が真っ暗で、エレベーターはもちろん動いていなかった。重いスーツケースを抱えながらもどかしい思いで裏の階段を一歩一歩、四階までゆっくり上っていく。裏口の扉を開けると、暗闇にろうそくが灯り、ピートがリビングルームの椅子にうずくまっているのが見えた。

彼は驚いたようにわたしを見つめ、次の瞬間、そのままハグしてきた。

それから夕食になるような食べ物を探してふたりで食べ、早々とベッドに潜り込んだのだが、あまりに寒いので抱き合って寝るしかなかった。

早朝、部屋が突然明るくなったので目覚めた。

「ああ、電気が戻ったのよ」

時計を見ると午前四時過ぎ。わたしが帰宅して一〇時間もしないうちに、四日間も続いた停電はあっけなく終わった。


これで、めでたしめでたしかと思いきや、今度はピートの腰痛が始まった。とはいえ腰痛は珍しいことでもなく、作家の持病ともいえるものだった。ピートの場合は、チャイナタウンの鍼師のところへ数回通えばいつも治っていた。

しかし、今回は鍼治療もあまり効かないので、仕方なく強い痛み止めを飲み続けて、約束した仕事をなんとかこなしていた。

そのうち、これだけ腰痛が良くならないのはベッドのマットレスのせいだとピートはいい出した。寝具店へ行って新しいマットレスまで買ったが、それでも良くならない。

その後、毎朝、測っている血糖値が急上昇した。ダイエットを続けていたが、血糖値は理由なく上がる。本当にどこか悪いのかもしれない。

「病院へ行ってCTスキャンを撮ったほうが良いと思いますよ」

鍼師のアリス医師もついに匙を投げてこうアドバイスしてくれた。

かかりつけのニューヨーク大学病院は浸水して予備電源も失われたため、一時的にその機能の一部が移転されていたレノックスヒル病院に行って腰のCTスキャンを撮ってもらう。結果は「問題なし」だった。

翌朝、今度はお腹のCTスキャンを撮りに出かけていった。アパートに帰り着いた途端、主治医のドクター・ドイルから電話が入った。

「タクシーでいますぐレノックスヒルへ来なさい！」とすごい剣幕だった。レノックスヒルへとんぼ返りすると、ドクター・ドイルともうひとりの医師が白衣のまま入口で待ち構えていた。

「これからすぐに手術室へ行ってお腹を開くことになります。胃の一部を取るかもしれない。こちらが外科医のドクター・ラファイアです。腕の良い外科医だから大丈夫ですよ」

ピートはそのまま担架に乗せられて手術室へ直行した。ピートの十二指腸に穴が開いて、そこから食べたものが溢れ出ていたということだった。穿孔性十二指腸潰瘍というもので、そのままにしていたら手遅れになっていたかもしれないほど深刻な状態だった。

数時間後、手術は成功したという連絡があった。病室のピートに会いに行くと目を覚まし、手を伸ばしてわたしの手を握ってきた。経過は順調で、五日後に退院できるはずだったが、しゃっくりが止まらない。

結局、退院を許されたのは一週間後。自宅のベッドで、それも新しいマットレスの上で満足そうだったが、退院時の病院の指示に従って患者用の栄養ドリンクを飲むと見事に嘔吐した。

翌朝、お粥を作って食べさせたところ、再び吐いてしまった。執刀医のドクター・ラファイアからちょうど電話がかかってきたので、どうしたら良いか聞いてみた。すぐにレノックスヒルの救急処置室（ＥＲ）へ来るようにという。

ピートはまるで小さな子供がむずかるような大声で拒否した。

「絶対に行きたくない！」

何度いっても行こうとしない。あのとき、ピートをどうやって説得したのだろう。主治医から電話で直接命令してもらったのかもしれない。

わたしたちは再び、あのレノックスヒル病院にたどり着いた。ＥＲで担架に乗せられると、突然、医師や看護師が何人も集まってきて大騒ぎになった。わたしが呆然と見守っていると、若い医師が近づいてきた。

「リビングウイル（生前発効の遺書）を持っていますか？　担架の上で心電図を見たら、心臓発作を起こしたようなのです」

駆けつけてくれたドイル医師は「発作を起こすのにいちばんの場所だったね」といって安心させようとしたが、わたしにしてみればそれどころではない。混乱の中で、ドイル医師がかつて「糖尿病になったというのは、心臓病を抱えたことなんですよ」といっていたのを思い出した。

二〇一一年、ピートが心臓の急性冠閉塞のためのステントを使ったカテーテル治療を受けた時から、わたしは毎日ノートをつけるようになっていた。糖尿病専門医にかかると、ノーカーボ（炭水化物ゼロ）ダイエットを命じられ、初めて「ヘモグロビンA1c」という数値のことを知らされた。その時の数値が七で、七以下に抑えないと合併症を起こすといわれた。つまり、心臓病、腎臓病、脳卒中、感染症が続くというのだ。それまでの数年間の定期検診による血液検査を調べてみると、数値が結構高い年もあった。前の主治医がきちんと対応してくれていなかったのは明らかで、ヘモグロビンA1cという糖尿病患者にとってまるで〝神託〟のような極めて重要な数値について、恐ろしいほど無知だった。それからノートに朝の血糖値と三食の献立のメニュー、夜の血糖値を書き込み、何を食べたら血糖値が下がって、A1cも下がるか調べてきたのだが、ついに心臓発作が起こってしまった——。

ピートには簡単な手術が施され、今度は心臓病棟へ移された。

その後、ニューヨーク大学病院の復旧が進み、レノックスヒル病院から移動したのが一二月末。新年は病室で迎え、退院できたのは一三年一月一二日のことだった。糖尿病患者は手術後の回復にやたらと時間がかかる。普通の患者とは比較できないくらい回復期間は長くなるのだ。そればかりでなく心臓への負担がどれほど大きなものか、計り知れない。わたしは糖尿病の恐ろしさを噛み締める思いだった。

このまま逝くなんて早すぎる

「次は小説（フィクション）を書くことにしたよ。舞台はブルックリンではなく、ニューヨークでもないんだ」

ピートは目を輝かせながら、次作のあらましを話し始めた。

「舞台はシシリー島。あのシシリーのパレルモとシラクーザにしようと思う」

二〇一三年の暮れ、自宅静養していたピートが回復してくると、わたしたちはシシリー島のパレルモへ向かった。ハリケーン・サンディに続いた手術や入院がなかったら、その頃に予定していた旅だった。

第二次大戦で戦場となったシシリーは歴史を刻む古い建物が破壊され、その残骸がまだ残っていた。近くには市場が開かれて、真っ赤なトマトや新鮮な野菜、地中海でとれた魚がさばかれている。ここはグルメにはたまらない食の街。漁師がその朝とってきた新鮮なウニがたっぷり載ったパスタにふたりとも舌鼓を打った。

パレルモでは「ヴィラ・ブテラ28」という地中海に面し、古いパラッツオを改装したホテルに泊まった。そこにはシシリーの長編歴史小説『山猫』を書いたイタリアの貴族、ジュゼッペ・トマージ・ディ・ランペデューサの記念館がある。『山猫』は一九六三年にルキノ・ヴィスコンティによって映画化された。

映画公開の翌年、ピートは助演のクラウディア・カルディナーレにインタビューしたという。その頃、働いていたニューヨーク・ポスト紙は長期のストライキに入ったので、彼は妻とまだ二歳にもならない長女エイジュリンを連れてバルセロナに住み、「サタデイ・イヴニング・ポスト」誌の仕事をしていた。

「サタデイ・イヴニング・ポスト」はテレビのなかった時代から、娯楽を提供して大部数を誇っていた。ピートがインタビューしたのはソフィア・ローレン、ジーン・セバーグ、ブリジット・バルドーやショーン・コネリー、チャールトン・ヘストンといった大スターたちだった。

「ローマのカフェに座ると、隣が有名女優だったり、ときめくスターだったりというのが、その頃のヨーロッパだったよ」とピートは振り返った。

わたしたちはパレルモからバスに乗って島の南東にある古代都市シラクーザを訪ねた。シラクーザではかなり密度の高い取材ができたようで、ピートは満足していたが、再びヴィラ・ブテラに戻って地中海の見える部屋に落ち着いてから数日すると、どうも様子がおかしくなってきた。大好きなレストラン、ピッコロ・ナポリで大好物のウニ・パスタを頼んでも、あまり食が進まない。これはおかしい。レストランから帰ろうとした時、突然、顔色が悪くなったので驚いた。蒼白というより黄土色に近い色になっていた。急いで車で帰り、寝かしつけるとぐっすり眠った。

ところが夜になってトイレに行こうとしたら、足が立たない。わたしが体を持ち上げて起こそうとしても、まったく無理だった。そのうち異変が起きた。何かにおうと思ったら、血便が出ていたのだ。深夜だったがヴィラ・ブテラの女主人ニコレッタを起こして助けを求めると、救急車を呼んでくれた。

その晩、急患で大混雑していたパレルモ市立病院救急処置室の待合室で、ピートもわたしもほとんど一睡もせず順番を待った。まわりは全員地元のイタリア人でイタリア語しか話さない。簡易ベッドの上のピートはさすがに憔悴している。夜明け近くになって親切な医者が英語で診察してくれて、すぐ輸血が必要になった。

イタリア人ばかりの六人部屋に移されたピートはそれから五日間にわたって輸血を受けた。

「これではイタリア人になってしまうよ」

そういいたくなるのもわかるほど大量のイタリア人の血が注入され、これによって彼の状態は次第に良くなった。

できたらニューヨークが暖かくなる三月頃までそのまま滞在し、地中海の太陽の光を体いっぱい浴びるのがいちばんだろうとわたしは思っていたが、ピートはどうしてもニューヨークへ帰るといって聞かなかった。二月初めに講演を頼まれているので、どうしても帰らなくてはならないという。ニューヨークの凍える冬をわたしは案じていたのだが、実際に戻ってみると、思った以上の厳冬が待ち構えていた。

記録破りの寒気に襲われたニューヨークも三月に入ると寒さは少し和らいできた。その頃から、ピートは夜になると悪寒を覚えるようになった。それが、それほど悪い兆候だとは気づかなかった。

二〇一四年三月一〇日、ピートは朝からすっかり混乱していた。数日前から右膝の痛みを訴えていたが、今度は体のバランスを失い、ひとりで立っているのも大変になった。着替えを手伝い、ちょっと隣の部屋に行って戻ってみると、下着を二枚穿いて、さらにベッドのうえに並べた数枚からもう一枚を手に取っている。

早速、ドイル医師へ連絡すると、すぐに病院へ連れて来るようにとの返事。ピートは強く反発したが、医師の説得によってついには車に乗り、ニューヨーク大学病院へ到着した。

いくつもの建物が連なる巨大な総合病院で、三階にあるドイル医師の診察室まで長い廊下をふたりでゆっくり歩いて行った。顔を見るなりドイル医師は車椅子にピートを乗せ、自分で押して階下の救急処置室へ運んだ。

午後になるとピートは集中治療室（ＩＣＵ）に移され、各種検査や頭部のＣＴスキャンなどの結果、急性腎障害だと診断された。五〇パーセントを超える高い死亡率で、少しでも手遅れになると危ない病気だという。病室には腎臓や感染症など多くの専門医が入れ代わり立ち代わり姿を見せ、何が原因でクレアチニンの値が急上昇したか調べている。

翌一一日の朝、集中治療室へ着くと、ピートは宙を見るようなおかしな目つきで天井を見つめていた。「今年は何年ですか」「ここはどこですか」などと医師に聞かれても、答えられない。午後にセラピストがまた同じ質問をすると、めずらしく怒鳴り返した。このままでは人工透析が始まるかもしれないと別の医師がいう。疲れ果てたわたしは早めに帰って少し休むことにした。

翌一二日の朝七時半、まだベッドにいたわたしは携帯の着信音で起こされた。

「明け方に心拍停止になったが、蘇生させたのでもう大丈夫だ。いま救援チームが応急治療に当たっている」

ドイル医師の声に呆然とする。すぐに病院へ急行し病室に飛び込んでいくと、昨夜当直だったアンディがいた。

「いったい、何が起こったの」と訊くと、ピートは朝四時くらいにすごく混乱して、「ここから出るぞ」と騒ぎ始めたという。六時くらいになって、「アー、アー」と声をたて、両手で胸を叩いた。アンディは心臓に手を当て、心肺蘇生法（CPR）を行って蘇生させた。ほんの数分のことだったという。

ピートは酸素マスクをつけられ、右手のカテーテルから蜘蛛の巣のように伸びるたくさんのチューブに繋がれて眠っていた。痛みを和らげるため鎮静剤が投与され、昏睡状態にあるのだという。

「あのマイケル・ジャクソンが使っていた、鎮静剤のプロポフォールが使われているのです」

べつの看護師がこう教えてくれた。

わたしは急ぎ、ピートが危篤になったことを家族に知らせ、ピートの娘ふたりを呼び寄せた。上のエイジュリンはニューヨーク北部に住んでいるのですぐに来られるが、下の娘ディアジュラはアリゾナ在住のため、一刻も早いフライトを予約するように伝えた。ピートの弟、デニスとブライアンはすぐに駆けつけてきたが、昏睡状態のピートを見て茫然自失、声も出ない。

その晩はニューヨーク市内へ到着したエイジュリンがピートの部屋に泊まり込んだ。部屋には家族用の簡易ベッドがあってそこに横になって休んだ。と、寝入り端をすごい剣幕で誰かに起こされたという。

「あなたのお父さんはいったいどうやって転んだの！」

彼女は何をいわれているかまったく見当がつかなかったが、これが複雑骨折を知らせる第一声だった。

翌一三日。その日には鎮静剤の量を減らして朝八時には起こすと聞いていたので、早朝、わたしは病院を訪ねた。ピートの体はすっかり膨れ、口を開けたまま眠っている。口には酸素を注入する太いパイプが挿入されていて、両足は大きなパッドで包まれ、動かせないように固定されている。

昨晩の全身CTスキャンの結果、脊椎の圧縮と腰の複雑骨折が発見されたということを初めて聞かされた。

「腰の骨折は屋根の上から落ちたとか、車の事故で起こったようなものです」

整形外科医だろう、初めて見る医師がそう教えてくれた。いったい、どこでそんなひどい骨折が起こったのだろうか。まるで、悪夢を見せられているようだった。入院した三日前には病院のあの長い廊下を自分で歩けたのに……。

ドイル医師が来て、スクリーンに映し出されたスキャンの結果を見せながら、ダメージを受けた腰の状態を説明してくれた。

「手術すれば、破壊された骨を一つずつ取り出し、メタルやセラミックに代えて修復することもできる。でも、片方の腰の手術に四時間くらいかかる。そのために出血も大量になるだろうし危険を伴う。かなり難しい……」

ＩＣＵチーフのシルバースタイン医師が部屋に現れ、「二四時間後に人工透析を始めます」と伝えてきた。人工透析を一度始めると、一生続けなければならないと聞いていたのでわたしはすっかり落胆したが、ピートの体はどんどん水膨れになっている。少しでも回復させるためには早く始めてもらうしかない。

翌一四日には透析のためのカテーテルが取り付けられた。病室に大きな機械が運び込まれ、一時から人工透析が始まった。この日は初めてなので二時間半。

翌一五日、二回目の人工透析は朝九時四五分から始まり再び二時間半。

「少しずつ鎮静剤を減らしていって、どれくらい呼吸できるか見ているのです」

シルバースタイン医師が説明してくれた。

「もうすぐ鎮静剤を止めますから、明日には目を覚ますことになりますよ」

翌一六日、朝七時から鎮静剤を止めたまま様子を見ているが、まだ目を覚まさない。わたしはこの晩から病室への泊まり込みを始めた。

翌一七日は聖パトリックの祝日。五番街ではアイリッシュの盛大なパレードが繰り広げられるが、それどころではなかった。鎮静剤を止めて二日経つが、ピートはまだ昏睡状態のまま目を覚まさない。九時から病室で人工透析が始まり、三時間続く。各種専門の医者が入れ代わり立ち代わり現れては、「これまでに起きないのはおかしい」と首を傾げる。その中のひとりルイーズ医師を捕まえて詳しく聞いてみると、

「患者が目を覚ますかどうかは、これから二四〜四八時間が勝負です」

こんな言葉が返ってきた。ということは、明日か明後日くらいまでに目を覚まさなかったら、このまま命が尽きてしまうというのだろうか。

翌一八日、ドイル医師とシルバースタイン医師がふたり揃って現れた。シルバースタインは右手を高く上げ、

「入院したときの状態がこれくらいだとすれば、今は底をついた状態なのです」

といって、右手をまっすぐ下まで下げた。

「これから先、入院時の段階まで良くなるとは思えないのです。たとえ目が開いたとしても歩けるようにはならない。人工透析もこのままずっと続くでしょう」

何という宣告を受けているのだろうか。

「しばらく様子を見て心肺停止がまた起こったら、蘇生させるための治療はもうしません」

鎮静剤を与えられて昏睡状態にあると、呼吸が抑制されて心臓発作などの障害が起こりやすいというのだ。

「これでお終いということになるのだったら、せめて自宅へ帰していただけますか。最後は自宅で看取りたいと思います」

こう頼んでみた。ピートが家へ帰りたいと思っているのはよくわかっていたし、本当にこれが最後だとしたら、わたしが彼にできるのはそれくらいしかないではないか。

両医師は返事をせず、この先また相談しましょうと言い残して去っていった。

しかしわたしには、このままピートが目を覚まさず死んでいくとはどうしても思えなかった。

二年前、穿孔性十二指腸潰瘍で手術した後も、良くなるまでにずいぶん時間がかかった。糖尿病と高齢（当時七七歳）のために、回復には普通の成人の二倍、あるいは三倍以上の日数がかかることを知っていた。管をつけられて昏睡している顔をじっと見ていると、その奥に本人がいることをわたしは感じることができた。

ドクター・シルバースタインが何といおうと、絶対に覚醒させてみせる。どんな状態で目を覚ますかわからないが、その時に考えれば良いではないか。

二八年前、ピートのプロポーズの言葉は、「ぼくの車椅子を押してくれるかい？」だった。もちろん、冗談のつもりでいったのだろうが、何の巡り合わせか、目を覚ませば本当にそうなるだろう。車椅子でもいい。人工透析でも構わない。このまま逝くなんて早すぎる――。

月曜日まで待って

緊急入院から九日経った二〇一四年三月一九日、水曜日のことである。朝六時、ピートの病室で寝ていたわたしはレントゲン撮影に来たスタッフに起こされた。北東に向いた集中治療室の窓からはイーストリバーが見渡せ、川向こうから朝日が少しずつ上っていく。早朝は眠りから覚める時、ピートを起こすのにいちばんの時間だ。レントゲンが終わるとわたしはさっそく耳元で声をかけ始めた。

「ピート、目を開けて!」

「ハニー、ウエイクアップ!」

聞こえているだろうか。また、耳元で囁く。次第に大きな声を出してみても、本人は身じろぎしない。

「ピート、もう朝よ。起きる時間よ」

「お日様が向こう岸から顔を出して、素晴らしい天気の日が始まったわ」

八時半、シルバースタイン医師が現れた。

「MRIの結果を聞きましたか？」

そういえば昨日、ドイル医師が何かいっていたような気がする。確か、ストローク（脳卒中）が見つかったとかいう話だった。あまり悪いことばかり起こるので、聞き流していたようだ。

「ドクター・ドイルがどう伝えたかわかりませんが、昨日、無数の小さなストロークが見つかったので、ピートは分別のつく状態で目を覚ますことはないのです」

シルバースタイン医師はこういってきた。

わたしは聞き返した。

「ストロークのせいですか？」

「たくさんのストロークのせいです。でも、すべてが問題なのです」

「ああ、本当ですか？」

わたしはあやふやな返事をした。

「ストロークが複雑骨折から来たのか、あるいは腎臓医がいうようにコレステロールが腎臓に来て、頭脳にダメージを与えたということも考えられるのですが、いったい何が起こったのかわからないのです……」

「そうですか」

「ではっきりしていることは、現時点で彼の腎臓も、頭脳も、歩行能力も、すべて危険に晒されているのです」

シルバースタイン医師がいいたかったのは、次の問いかけだった。

「あなたはどうしようと思いますか? もちろんご家族と相談しているのでしょうが」

「ええ……」

「私は彼がこれ以上良くなるとは思わないのです。あなたが彼を自宅へ連れて帰りたいと思っているのは知っていますが、自宅でのサポートは大変になります。そのための手術も必要になり、それをやってまで自宅へ帰す価値はないと思うのです。それより、家族に囲まれながら、心地良い状態で最期を迎えるのがいちばんなのです。私が薦めるのは、明日か次の日、人工透析を止め、彼を心地良い状態で平和に逝かせるということです。この病院で」

「つまり、人工透析を止めると彼は逝ってしまうのですね」

医師の答えは明確だった。

「人工透析を止めるとおそらく、一週間くらいでしょう。酸素チューブを外すと、とても心地よい状態で数時間……三時間くらいで逝きます。お気の毒ですが」

その上で、駄目を押すようにいった。

「彼は明らかに昏睡状態にあり、哀しいことに覚醒することはなく、ひどい痛みに襲われているのです。あなたがどうするか決めて私に教えてください。今現在、彼は苦しんでいるのです。牧師を呼びましょうか？」

「結構です。必要ありません」

はっきり断った。少しでも早く苦しみから解放して平穏にあの世へ送るのが良いと医師は何度も薦めてくるが、わたしは簡単にそんな手に乗るつもりはなかった。とにかく、時間を稼ぐ必要がある。

「せめて月曜日まで待ってください」

今日は水曜日。木、金、土と日曜を入れて、あと四日間はある。

医師はわかりましたといって病室を出ていった。生還して分別のつく状態にはならないというのは具体的にどういうことを意味するのだろうか。植物状態になるかもしれないということなのか。そんな状態になるのだったら、平穏に見送ったほうが彼のためにはかえって良いのだろうか。

急性腎障害で入院した後、心拍停止、腰の複雑骨折が見つかり、さらに無数のストロークが見つかった。すべて六三歳の時に発症した糖尿病から始まったことは間違いなかった。まるで教科書に書かれたように、糖尿病患者の合併症が立て続けに起こってしまったのだ。

わたしは新鮮な空気が吸いたくなった。表を歩きまわり、一階でブラックコーヒーを買って病室へ戻ると、ベッドの隣に並んだモニターを見ていたインターンが呟いた。

「あら、脳波が良くなっているわ」

ピートに声をかけるとほんの少し反応するような気もしたが、まだ眠っている。わたしはピートの仕事関係者や友人へメールを送った。カリフォルニアに住む弟の四男、ジョンが駆けつけるという。この晩も病室へ泊まり込んだ。

翌二〇日（木曜日）早朝に目覚めると見事な晴天。イーストリバーから上る朝日で病室が明るくなった頃、再び、ピートに声をかけた。

「ハニー、ウエイクアップ！」

やっと少し反応したような気がした。

「ハニー、ウエイクアップ！」

少し大きな声で繰り返した。すると、ほんの少し目を細く開けて、握った手を心持ち握り返したではないか。

六時半にレントゲン技師、七時には神経外科の医師、七時半にはシルバースタインの医師団が回診にきた。チームのなかの女性医師が声をかけると、ピートはいわれたように二本の指を上げ、つま先を少し動かした。

「とても良い反応ですね」

若い女医さんも喜んでくれた。これだけ反応しているのに、酸素を止められたら、数時間で死に至るのだろう。

九時二五分から人工透析開始。疲れ果てたので夕方いったんアパートへ戻ると、すぐに電話が鳴った。今度はバクテリアのＭＲＳＡに感染したという連絡である。病院へ取って返したところ、病室に入る時には必ず、青いプラスチックの衣類を羽織る、手袋もはめなくてはならない、と命じられた。退出時にはそれを脱いで所定のカゴに捨てる。ほんの数分出る時も、同様であるという。

この晩、わたしは青いプラスチックを着たまま、崩れ込むように病室の簡易ベッドに横になった。今や、病院がわたしの日常になった。アパートでのふたりの生活は幕を閉じた。ピートが生き残っても、そうでなくても。急転した現実が不意に迫ってきて、思わず身震いした。

翌二一日（金曜日）よく晴れた早朝、いつものように声をかける。

「ハニー、ウエイクアップ！」

すると、ピートは呼びかけにゆっくり応え、重そうに瞼を細く開けたではないか。そして、しっかりわたしの目を見つめた。覚醒した。「月曜日まで待って」と頼んだ日から二日後、ついに覚醒させたのだ。

作業療法セラピストが来て喜んでくれた。

「一〇〇パーセント、目覚めましたね」

神経外科の医師がそういってくれた。この時は知らなかったが、ピート覚醒のニュースは集中治療室の階にいた全員に電撃のように響き渡ったという。

翌二二日（土曜日）には看護師がピートの体を洗ってくれて、ベッドの上の体の位置を変えてくれた。

翌二三日（日曜日）には喉のチューブが取れた。ちょうど病室にきていたラテン系のフィジカル・セラピストを見たピートは初めて声を出した。

「アグア」

スペイン語の「水」が第一声だった。それからしばらくスペイン語だけを口にするようになった。ピートはGI奨学金でメキシコへ行ってからスペイン語を話すようになった。一〇日間に及んだ昏睡状態から目覚めると、メキシコで過ごした若き日の記憶が蘇ったのだろう。

「エスタ・リスト」わたしも即座に大好きなスペイン語を口にして、そこから知っている限りのカタコトで会話しようとした。一緒にメキシコへ行った親友のティム・リーが面会に来てくれたときにはスペイン語で話してくれと頼んだ。


次の週に入ると、集中治療室のチームが入れ替わり、ドクター・セイガンのチームが受け持つことになった。ピートはやっと英語も口にするようになったが、いっていることがあまり意味をなさないこともある。

二五日（火曜日）になると、突然、わたしに向かって真面目な顔で、

「ぼくには二つのものが必要だ。君とベッドだ」

といったので吹き出してしまった。かなり正常に戻ってきた証拠には違いない。こ

れからはチューブを一本ずつ減らしていくという。

それから一週間もすると、ピートはしっかり会話するようになった。きちんと英語でセンテンスを最後まで話す。

入院した三月一〇日から何が起こったかわたしはピートに話し始めた。彼は心臓が痛かったことは覚えていた。「ハニー、ウエイクアップ！」とわたしがかけた声も覚えているというではないか。あの時、目を瞑っていたが、やはりあの顔の奥で息をしていたのだ。

「この先は、長期治療のための病院を探さなくてはなりません」

ドクター・セイガンはそういってきた。ピートの場合、フィジカル・セラピーが必要なのでリハビリ病院へ行く必要があるが、人工透析も必要なので、両方できる病院となると選択肢が限られてしまう。

リストのなかに、ただ一つ生まれ故郷ブルックリンの病院名を見つけた。そこは美しい住宅街にある古い建物を改造した施設で、老人ホームとして長くやってきたが、一棟を改造してリハビリ・センターに作り替えたものだった。人工透析の設備はないものの、近くにあるロングアイランド病院へ行けば透析を受けられるという。そのためにたった二ブロック先ではあるが、往復とも救急車を呼び、ストレッチャーで運び込むことになる。救急車の代金は患者負担になるけれど、ブルックリンならピートも安心することだろう。ようやく故郷へ帰ってきたと思ってくれるかもしれない。

生と死があまりに近い場所

ブルックリンの「コーブル・ヒル・ヘルス・センター」には正直なところ良い思い出がない。ニューヨーク大学病院へ入院してからおよそ一ヵ月後の二〇一四年四月に移ったが、入院手続きを始めた時から波乱含みだった。前日に一人部屋の予約を入れておいたのに、到着して入院手続きを始めると、部屋がないというではないか。二人部屋でも構わないというと「この患者はＭＲＳＡに感染しているので、他の患者と同室にはできない」という。

ずいぶん待たされて、仕方なくニューヨーク大学病院へ戻ろうとしたら、別棟の一部屋が空いたと伝えられた。行ってみるとそこは、老人ホームだった。空いた部屋に入ると、まだ前の患者の衣類などが引き出しに入っていて、ここにいた人が今しがた死亡したため部屋が空いた様子だった。何となくいい気分はしない。しかし、ピートは疲れ果てているのでベッドに横にさせなくてはならなかった。すると今度は届いているはずの薬がないという。何から何まで手違いばかりだった。

老人ホームの部屋には患者の家族が泊まれるベッドも椅子もない。それから、二日間、わたしは床に寝袋を置いて過ごした。

ようやくリハビリ・センターへ入室できたと思ったら、しばらく前から続けていた胃ろうのための栄養剤ボトルがないという。いやはや……。

この頃からピートは文字が読めないといって、不満をぶちまけるようになった。文字を読みたいと思うようになったのは大きな進歩だった。また、胃ろうのほかに柔らかいものなら少しずつ食べられるようになった。言わずもがな、わたしの疲労は極限に達していたので夜にいったん帰ろうとすると、不安だったのだろう、「ひとりにするのか」といって帰そうとしない。ピートはまだ痛みがひどく、機嫌が悪かった。

深夜まで待って、寝ついてからそっと帰宅しようとした時のこと。タクシーを呼んで、誰もいないがらんとしたロビーでしばらく待っていると、体の大きな男が突然、ドアを開けて飛び込んできた。

「遺体はどこだ?」

恐ろしい剣幕で怒鳴るこの人物はおそらく、葬儀屋から派遣されて来たのだろう。老人ホームの深夜にはこんなドラマが起こっているのだと現実を垣間見る思いだった。

別の日の午後、救急隊員が数名きて廊下に待機していたが、大分経ってから引き上げて行った。その後、同じ廊下を通ってみると、使い古した男物のズボンとシャツが椅子の上にぽつんと置かれていた。これを着ていた人が亡くなったのであろう。彼が残したのはこのズボンとシャツだけ。引き取りにくる人もいない。涙を流す人もいない。ここでは生と死があまりにも近かった。

人工透析は週三回受けなければならず、二ブロック先の病院へ救急車で出かけるが、この病院はすでに倒産しており、もうすぐ閉鎖されるという。機械が古いため人工透析には四時間もかかった。

この頃になるとピートのお腹が妊婦のようにすっかり腫れ上がってきた。明らかに胃ろうで栄養剤を投入し過ぎるためだった。体が便通を要求するのに出ないため、極端な痛みが生じる。ひどい状態だったが、医師も看護師も何もしてくれない。あまりに痛みを訴えるので、夜一二時過ぎ、ついにドイル医師の携帯へ電話した。初めは「こんな夜中に……」と怒っていたが、様子を説明すると「明日、来るように」といってくれた。再び、救急車の手配をする。

翌日、ニューヨーク大学病院の一般病棟へ入院してみると、クレアチニン値が良くなっているから、その日の人工透析は必要ないという。翌日も、また様子を見るとのこと。数日後、クレアチニンがずっと安定して良くなったため、「人工透析は不要になりました」と診断された。人工透析は一回始めたら一生続けなければならないという人が多かったので、これほど嬉しいことはなかった。ピートの場合は急性腎障害だったからだろう。

人工透析が不要になったので「コーブル・ヒル」へはもう帰らなくて良くなったが、この先、どこのリハビリ病院へいくかを決めなくてはならない。希望しても断られたり、問題があって気に入らなかったりで数日が過ぎた。

もう決めなくてはならない日、午後六時の終業時間五分前に、突然、ニューヨーク大学病院内の「ラスク・インスティテュート」に受け入れられた。転院すると二人部屋の窓側で公園が見える。桜はもう終わったが、バラ、スズラン、ライラック、ラベンダーなどの花を見て、ようやく長くて厳しい冬が終わったことを実感する思いだった。

ここではじつに良くプログラムが組まれていて、食事も工夫されていた。

おかげでピートはずいぶん回復し、それまで長い間、体につけていた管も一つずつ取れて、最後には胃ろうのための管さえなくなった。車椅子に座っていられるのはまだほんの数分くらいで痛みが強かったが、スピーチ・セラピストを相手に癇癪をおこすことはあっても、話す内容はかなりまともになってきた。新聞も読むようになった。

ドイル医師が訪ねてきて、ピートが冗談を飛ばしたり普通に対応する様子を眺め、「奇跡だ」と目を見張った。無数のストロークが発見されてから「生還したとしても、誇り高いピート・ハミルの尊厳を保てる状態にはならない」と診断したその本人である。

ああ、目覚めてくれて本当に良かった。わたしは久しぶりに胸に十字を切った。

わが家への帰還

「ラスク」に入ってからすっかり回復し食欲も出てきたので、ピートは次第に病人用に組まれた献立にも飽きてきた。近くの一八丁目にピザ屋を見つけたわたしがそこのピザを買っていくと「これは美味い！」と大喜び。生地が薄くてこんがりとしたピザは確かに美味しかった。それからほとんど毎日のように、帰り支度をすると「明日もあのマルゲリータ・ピザを買って来てくれ」と頼んでくるようになった。

ラスクに入って三週間ほど経った二〇一四年五月、この後、どこへ行くかが問題になった。

「自宅へ帰すのなら、二四時間の介護が必要です。必ず二名がいなければ帰宅は許可できません」と担当医に言い渡された。わたしのほかにもうひとり夜間の介護人と昼間の介護人がいなければ、自宅へ帰せないというのだった。

まずは自宅バスルームに手すりとハンド・シャワーを取り付けた。

その頃、ピートの面倒を見てくれている看護師助手のパメラがそっと声をかけてきた。勤務の後、わが家へ来て夜一二時間、働いてくれるという。

一方、姑がブータンから来た女性に長い間とても良く介護してもらっているという話を友達から聞いていた。住み込みで二四時間介護しているという。ニューヨークにはブータンから来た移民のコミュニティーがあって彼女は顔が利くと教えてくれた。昼間の我が家の介護人には男性が良いので、早速、ブータンの男性を紹介してもらい、電話で面接してみた。

「ブータンではどんな仕事をしていたのですか」

ひとりはテレビ局で働いていたといい、二人目は確かセールスと答えた。三人目は、「病院でフィジカル・セラピストをしていました」というではないか。まさに適任者だった。ドージーという三四歳の男性で、早速会ってみると真面目そうな青年だった。働いているクリーニング屋を辞めて、朝九時から夜七時まで一日一〇時間、月曜日から金曜日まで週五日来てくれることになった。

五月二九日、ピートはついに退院した。車椅子ごと救急車に乗ってトライベッカのロフトへ帰る。ピートにとって三月一〇日から二ヵ月半ぶりのわが家だった。

この日には「ビジティング・ナース」という訪問看護サービスから看護師が派遣さ

れてきた。この先一ヵ月ほど、血圧測定、インシュリン注射など看護全般を監督してくれる。電動式ベッドもビジティング・ナースの手配でこの日遅くにようやく届いた。パメラが夜七時に到着。リビングルームに電動式ベッドを置いてピートを寝かせ、その近くのカウチで一晩中、仮眠を取りながら介護してくれる。わたしは自分の寝室に引き上げて久しぶりに休むことができた。

パメラはカリブ海のトリニダード・トバゴ共和国の出身。昼間は病院で働き、夜はわが家へ来るからほとんど二四時間勤務である。

「そんなに働いて、体は大丈夫なの」と訊いてみると「わたしはずっとこうやって仕事してきたから大丈夫」と笑いながら答える。看護師助手といってもいろいろな種類の免許があるらしいが、最上級の免許までもっているという。

ドージーが来た翌日、ピートは初めて車椅子に乗って表に出ることができた。ピートの車椅子はわたしには重くて押せないが、ドージーならニューヨークのデコボコ道を問題なく押していくことができた。馴染みある通りもお店もずいぶん見ないうちに新しい風景になっていた。前の通りで掃除などしている雑役夫のジョーに声をかけ「元気になったよ」と握手したり、角のレストランを指して「ああ、また新しい店になったね」と変化を楽しんでいる。街の空気を吸ってピートは心から嬉しそうだった。

六月二四日は、ピート七九歳の誕生日だった。弟のデニスとブライアンを呼んで、形ばかりの誕生日パーティーを開いたところ、この晩からひどい下痢が始まった。はじめは糖尿病患者には決して良くないケーキを口にしたせいかと思っていたが、そんな簡単なものではなかった。数日経っても治らないので、胃腸科の医者に診てもらうことにした。初めてタクシーに乗せて、車椅子で医者を訪ねる。医師は院内感染で「C.diff」というバクテリアに感染していたことを突き止めた。この頃のノートにわたしはこう書き留めた。

「六月二八日、体重は一三四ポンド（六〇キロ）」

初めて会った三〇年前から肥満型だったが、結婚後も肥満はどんどん進み、一時は一〇〇キロを超えていた人である。それが半分近い六〇キロになっていたのはショックだった。とくに手と足の筋肉がなくなり、鳥のように痩せ、昔の面影はない。

車椅子で出かけられるようになったので、ようやく念願の眼科へ行ってみると、視力は変わっていないという。眼科医がメガネを調整してくれたので本も読めるし、コンピューターのスクリーン文字も読めるようになった。自分の机について、メールのチェックもできるようになった。次第に回復していくのが手に取るようにわかる。

退院四ヵ月後、二組の介護人を置いておくのはさすがに経済的負担が大きくなってきたので、パメラに代わってわたしがピートの隣のカウチで毎晩寝るようにした。

カウチ・ベッドにも慣れてきた五ヵ月後の一〇月二〇日、アイリッシュ・アメリカ協会からユージン・オニール特別名誉賞を受けることになった。ノーベル文学賞を受賞しアメリカの近代文学を築いたユージン・オニールの名前を冠した賞には、さすがのピートも嬉しそうにしていた。

　病後初めてスーツを着たピートを車椅子に乗せ、大型車で五二丁目にあるマンハッタン・クラブに到着。車椅子を押して会場に入ると、集まった数百人の観衆から割れんばかりの拍手で迎えられた。退院いらい初めての公式の場である。いつまでも鳴り止まない拍手を耳にしながら、ああ、やっとここまで来られたかと初めて涙がこぼれた。

ぼくはワイフと踊りたい！

ある晩、ベッドですっかり寝入ったピートの顔を見つめていた。肉体はそこに存在していても、頭の中はストロークで機能しない状態になったように見える。もっともっとふたりだけの時間が持てると思っていたのに、こんなに早く、こんな形で別れが訪れてしまったのだろうか……。

そんなことを考えていたら、ピートは突然目を開けてわたしの手を握った。

「この冬は、どこか暖かいところへ行きたいね」

二〇一六年、ブルックリンの褐色砂岩のアパートに落ち着いて秋風が立つようになった頃、ピートはこんなことを言い出した。彼はあのメキシコやシシリーの冬を思い出しているのだろう。とはいっても、医療のことを考えるとアメリカ国外へ出るのは避けたかった。そこで突然、閃いたのがニューオリンズ。

ルイジアナ州ニューオリンズはわたしたちにとって運命の場所だった。ニューヨークに住むようになって、ピートと付き合っていた一九八六年、フランス・スペイン植民地時代の面影を残す旧市街フレンチ・クオーターに友人のアパートを借りていた彼は、わたしに遊びに来ないかといってきた。誘われるままにふたりで一緒に過ごしたのはほんの五日ほどだったが、あの日々が翌年の結婚に結びついたようなものだった。三〇年以上経って、その街をもう一度訪れるのは、時計の針を巻き戻すような感じになるのかもしれない。残された時間のなかで、格好のセンチメンタル・ジャーニーになるだろう。

二〇一七年になってすぐ、一月はじめからニューオリンズで借りたのはバンガローだった。フレンチ・クオーターの外にあるアップタウンと呼ばれる地域で、ミシシッピ川沿いのチューピトゥラス通りに建っている。バンガローといっても、三つの寝室があって、庭も、ガレージ用スペースもあった。

その冬はニューオリンズでも寒い日が続き、わたしたちが到着する数日前まで霜が庭の植物を凍らせるほどだったと家主がいっていた。それでも厳冬のニューヨークから訪れると、南部ルイジアナの湿気とけだるい空気のなかで夏のような日差しをたっぷり浴びることができた。

近くの通りには『欲望という名の電車』のあの路面電車《ストリートカー》が往時を偲ばせるまま走っ

ていた。ルイジアナは元フランス領だったので、いたるところにフランス語が息づいている。マガジン通りのラ・ブーランジェリーでは美味しいバゲットやクロワッサンを売っていた。ミシシッピ川沿いには、ベニエという粉砂糖をたっぷりかけたドーナツを食べさせる店があって、ピートの大好物だった。

「ベニエもだめ、ガンボもだめ、ケイジャン料理もだめ」とはいいたくなかったが、砂糖のかかったドーナツやスパイスの利いた料理など彼にとって良くないものばかり。東京から手伝いにきてくれたわたしの姉と一緒に、結局、野菜と良質たんぱくによるいつもの料理を作ることにした。ただ、オーガニックの野菜を売っているマーケットで獲れたばかりの海老が手に入ったのでそれを使って料理をつくると、こんなに美味しいシュリンプ・カクテルは食べたことがないと唸っていた。

数日後、近くの病院の整形外科を訪ねるとかなり年配のルソー医師はピートの腰のレントゲンを見ながらいった。

「ああ、もう治っていますね」

わたしは耳を疑った。

「これからエクササイズで筋肉をつけていくようにしましょう。また踊れるようになりますよ」

そう聞くや、ピートは目を見開いて喜んだ。

「ぼくはワイフと踊りたい！」

彼はよくそういっていた。腰を骨折し、歩くことすらままならなかったというのに。それが再び踊れるようになるというのだ。わたしの見るところ、腰の骨は変形した形でくっついたのだろう。それをこの老医師はポジティブに「治った」といい、隣のリハビリ教室でエクササイズするよう薦めてくれた。

その日から、週三回のエクササイズが始まった。ピートは歩行器を使ってなんとか歩けるようになっていたが、ここでは杖を使って歩く練習を始めた。右手に杖を持って少しヨロヨロしながら「一、二、三、四」と一歩ずつ足を踏み出す姿は痛々しかったが、少しずつ上手に歩けるようになっていった。

それまでのピートは時々怒鳴ったり、癇癪を起こすこともあったが、ニューオリンズを訪ねたあたりからすっかり機嫌が良くなった。おそらく腰の痛みがほとんどなくなったからだろう。

そのせいか「フライ・ミー・トウ・ザ・ムーン」「マイ・ウエイ」「ニューヨーク・ニューヨーク」などフランク・シナトラの曲を歌い出した。ピートはシナトラとニューヨークの有名なバー「P・J・クラークス」で一晩飲み明かしたり、夜のニューヨークを一緒に車で飛ばしたりしたといっていた。よほど好きだったのか、一九九九年、シナトラの評伝まで書いている。

ピートは実に良い声をしていた。父親のビル・ハミルは歌がうまくて酒場では引っ張りだこだったというから、その血を受け継いだのだろう。わたしも歌ってふたりでデュエットした。

「もうすぐマルディグラが始まるよ」

ある日、ピートは新聞から顔を上げてこういった。

「今年は、二月二八日から始まるらしい」

リオのカーニバルに並ぶマルディグラは復活祭の四七日前に始まる苦行に備えて飽食をするためのお祭り。派手に飾りつけた山車《フロート》が町中を練り歩き、ビーズの飾りやコインなどを投げる盛大なパレードが繰り広げられる。

マルディグラのパレードはわがバンガローのあるチューピトゥラス通りを通った。三〇年以上前、フレンチ・クオーターでは群衆に囲まれてよく見えなかったが、今回陣取ったバンガローの前は特等席だった。パレードの先頭から最後尾まで、ほとんど一日がかりで通過していく。ピートは歩行器に座ったまま通りに出て手を振り、投げられたビーズの首飾りをいくつもかけていかにも嬉しそう。

ドナルド・トランプの大きな顔を乗せた山車が来ると、ピートは思わず身を乗り出して手を振り苦笑していた。

「トランプに手を振るなんて、これが最初で最後だろうね」

そろそろニューヨークへ戻ろうかという三月一九日、思わぬニュースが届いた。ピートのもっとも親しい先輩であり、友人である元コラムニスト、ジミー・ブレズリンが亡くなったという知らせだった。

「朝、バスルームで転んで、それから自宅で息を引き取ったらしい。八八歳だったというよ」

ピートには朝から電話が鳴りっ放し、テレビも新聞も大きく扱っていた。ブレズリンとピートは同じアイルランド系アメリカ人で、わたしたちはセントラル・パークに近い彼のアパートで結婚式を挙げていた。いらい結婚記念日の五月二三日には毎年のように花を贈っていたが、近年はランチを一緒にするようになっていたので、帰ったら連絡しようと思っていた矢先のことだった。

ブレズリンはとかく逸話の多い人。作家のノーマン・メイラーと共に市長選に出馬したこともあったし、「サムの息子」と呼ばれた連続殺人犯がニューヨークを震撼させたとき、この孤独な殺人犯が手紙を出した相手がブレズリンだった。また、ケネディ大統領暗殺後の葬式に三〇〇〇人の記者が競って駆けつけたとき、彼だけは大統領の入る墓を掘っていた墓掘人から話を聞いてコラムを書いたものだ。

ピートはブレズリンの功績を讃える会を開いたことがあった。ピートが特別客員教授を務めるニューヨーク大学の講堂におよそ数百人を集めて、たくさんの友人がスピーチした。最後に行われたのは、その晩のハイライト。大きなグランドピアノが舞台

デイリー・ニューズ紙の編集室で、ノーマン・メイラー（左）と
photo by Mark Bonifacio

に運ばれてきて、ブレズリンと同じクイーンズ出身の歌手トニー・ベネットが姿を現し、「想い出のサンフランシスコ」を歌ってくれた。

先輩の訃報を聞いてから三日間、ピートは何も手につかない様子だった。デイリー・ニューズ紙の〝天国〟で大声で電話し、メモ帳を手に取材に駆け回っていたタフガイのいない世の中など受け入れられなかったに違いない。

その頃、血液検査の結果が届いた。クレアチニンの値が高くなったという悪い知らせだった。

「こっちに帰ってきたら、人工透析を始めなくてはなりません」

ブルックリンに住むようになってから主治医になったロマネーリ医師が声を落として電話してきた。

ピートは慢性腎機能障害になってしまったという。この先、どれくらい持つのだろうか。知り合いの医療専門家に聞いてみると、ピートの歳だと「せいぜい二年から二年半」ではないかという。わたしは膝から崩れ落ちる思いだった。

コロナ狂騒曲

中国のウーハン（武漢市）でミステリアスなウイルスが発見されたと聞いたのは、いつ頃のことだったか。ただ嫌な予感がしたのは覚えている。

二〇一九年一二月末、右の股関節に痛みを覚えるようになったわたしは炎症止めの薬を飲み始めた。主治医は腰のリュウマチではないかといったが、薬を飲んでもほとんど効かなかった。二週間後にCTスキャンを撮ってみると、腰の右側に骨折が見つかった。転んだこともなかったのに、なぜだろうか。

ニューヨーク大学病院の整形外科医はレントゲンを見て手術が必要だといい、転ばなくても何か重い物を持ちませんでしたか、と訊いてきた。そういえば、クリスマス前日、ブルックリンからチャイナタウンまで出て両手に重いショッピングバッグをいくつももち、動けないかというほどの重さに唸りながら、無理して歩きまわったことを思い出した。クリスマスの食卓に何か美味しいものを供したかったのだ。

手術日は三月一二日に決まった。

この間、武漢市は封鎖され、市民の多くが新型コロナウイルスに感染した。入院できず自宅で亡くなった人も多く、人工透析が必要なのに治療を受けられず苦しみながら死亡した患者もいたそうだ。ひとごとではなかった。

ニューヨーク州ではイランから帰国した医療関係者に初めての感染が認められ、数日後、郊外の町ニューロッシェルの弁護士の感染が確認された。この町の感染者数はすぐ七〇人まで増え、州兵が動員されて町は封鎖された。

ニューヨーク市内でも旅行から帰った市民の感染が明らかになると、すぐに市内の感染者数は一三名にのぼった。

三月一一日、WHOが新型コロナウイルスのパンデミックを表明したものの、市内の様子はまだ変わりなく三月とはいえ暖かい日差しに包まれていた。

手術は一二日午後二時に始まった。大きな手術台の上で麻酔をかけられ、目が覚めた時にはもうすべてが終わって病室にひとりで寝ていた。その晩は腰の痛みがひどく、うとうとするとすぐに目が覚めた。

翌日、病室のテレビでCNNを見ていると、トランプ大統領が国家非常事態宣言を発表していた。ニューヨーク市ではコロナによる初の死者が出たという。市内に住む八二歳の女性だった。それはまさに悪夢の始まりに過ぎなかった。

手術の三日後に退院し、腫れ上がって痛む右足を引きずるようにして帰宅した。ブルックリンの自宅へ着くとピートもちょうど人工透析から帰ったところで、歩行器で一歩一歩踏み締めるように歩いていた。杖を使って歩くわたしの姿を見つけると、顔をくしゃくしゃにして抱きついてきた。

そもそも、何でまたふたり揃って腰の骨折などという災難に遭ったのだろう。いや、少なくともわたしは幸運だったのだ。わたしの傷口は一五センチもあり、思ったより大変な外科手術だった。それでも主治医は、わたしの手術が終わったと聞いて喜んでくれた。

「ニューヨークでは、緊急以外の外科手術がすべて中止されることになったんですよ」

もし、一二日に手術できなかったら、あの痛みを抱えたまま手術の日取りも決まらず、コロナ禍が収まるまでひたすら待つしかなかった。

退院した翌日、市内の学校は閉鎖されレストランやバーも閉鎖、五〇人以上のイベントはすべて中止になり、市民生活に絶対必要な薬局や食料品店を除いて、店はすべて閉鎖されるとクオモ州知事が宣言した。オフィス街は閑散として、とくにチャイナタウンはゴーストタウンと化した。

英国を除くヨーロッパからの飛行はすべて止められ、ブロードウエイは閉鎖、聖パトリックのパレードは中止、ダウは一二・九パーセントも下落、老人ホームへの訪問も禁止された。

薬局へ行ってもマスクや消毒液が買えず、オンラインで注文してもなかなか届かなかった。人工透析のためにピートを病院へ連れて行かなくてはならないのに、その病院にはひっきりなしに救急車が出たり入ったりしている。当然コロナ患者も運び込まれていて、駐車場に設営された巨大テントの中では大きなバンがエンジンをかけっぱなしにしていた。

病院の遺体安置所はいっぱいになり、冷凍トラックに遺体を運び込んで保管しているという。葬儀場もいっぱいだというから、葬儀に出せるかどうかすらわからない。

いつ感染してもおかしくない状況だった。とくに高齢者や糖尿病などの持病をもつ患者にウイルスは牙を剝いて襲いかかってくるという。ピートが感染したらひとたまりもない。感染が判明しようものなら、病院の集中治療室（ＩＣＵ）へ送られ、隔離され、それが今生《こんじょう》の別れになるだろう。


「人工透析が始まると元気になりますよ」

三年前、週三回の透析が始まると担当医がこういってくれた。ピートは透析が終わって帰宅するとぐったり疲れていたが、しばらくすると仕事をする意欲が湧いてきたようだった。

「ブルックリンの本が書きたいんだ」

編集者が訪ねてきた時、突然、こんなことをいい出した。シシリー島を舞台にした小説もまだ書き始めていないのに……。

ブルックリンに戻ってから、いつの間にか育った当時のことが鮮烈に思い出されてきたのだろう。目を瞑《つぶ》ると、若い頃の日々がまるで音楽付きの映像のように頭の中で再生されたに違いない。

そのブルックリンを彼は書きたいといった。七番街三七八番地のアパートで聞こえてきたあの路面電車の軋むような音。静寂が訪れたのも束の間、またあの軋む音が聞こえ、突然、男のかん高い声がすると、怒鳴るような大声が応え、今度は笑い声が響く。その路面電車に乗ってゆっくり七番街を北東へ向かって行くと、一〇丁目でフィッツジェラルドのバーがまだ開いていてライトが灯り、九丁目のコーヒーショップは超満員。それからゆっくり彼の生まれた六丁目のメソディスト病院を過ぎて行く……。

本の構成案もほとんど出来上がっていた。彼の頭のなかでは毎晩、糸を紡ぐように文章が生まれ、音や映像が文字で刻まれていたに違いない。

ある日、彼はわたしにこう言ってきた。

「人工透析を止めたいんだ。二ヵ月でいい。ドクター・スタムに頼んでくれ。二ヵ月あれば、本が書けるだろう」

わたしは深く息を吸い込むと、言葉を選びながらゆっくり話した。

「ハニー、人工透析を止めることはできないわ。透析治療というのは腎臓に代わって、身体中の毒を取り除いてクリーンになった血液をまた身体に戻すことなの。だから、透析を止めるとその毒がまわって死んでしまうことになる。一回行くととても疲れるのはよくわかるけれど、どうか透析を続けながら頑張って書くようにしてください」

この時のわたしの言葉にはかなりの衝撃を受けたに違いない。それでも、決して不満をぶつけることなく週三回病院へ行き、待合室で待たされ、透析の椅子にようやく座ってチューブが取り付けられ、それから三時間。本当によく頑張ったと思う。それに人工透析を始めてから二年から二年半しか持たないといわれていただけに、そろそろ三年になることを考えれば、思ったよりずっと持ち堪えている。

長期間に渡って人工透析を受け続けることが、どれだけ大変だったか。思えば、ピートは一度たりとも弱音を吐いたことがなかった。ずいぶんあとになってからわかったことだが、下の娘のディアジュラには病院から時々電話していたそうだ。当然、誰かにこぼさずにはいられない愚痴もあっただろう。でもいちばん身近にいて面倒をみているわたしにはいえない……。その心情を思うと胸がいっぱいになった。

わたしの人工股関節置換手術はうまくいったようで、順調に快方へ向かっていた。ピートと同じように「ビジティング・ナース」サービスがトレーナーを派遣してくれたので、週三回リハビリに励んだ結果、二週間が過ぎると大分歩けるようになった。

その頃になるとニューヨークではコロナ死が通算一〇〇〇〇人を超え、連日、感染者数も死者数も倍増した。

「今週はコロナのパールハーバーです」

テレビのキャスターが上擦った声で、こんな発言をした。コロナと真珠湾攻撃を一緒にするなんて、いったいどういう神経をしているのかと問いただしたかったが、それだけ脅威あるものだといいたいのだろう。

ニューヨークの死者が三〇〇〇人を超し、9・11の死者数を上回ると、その数はどんどん増え続け、一日五〇〇人以上（四月八日）、五五九人（四月九日）と続いた。

一日に何回もピートの手を洗い、良質のタンパク質と多くの野菜で栄養価の高い食事を作り、体力と免疫力をつけさせる。通院時にはマスクをして手袋をはめ、歩行器で歩む彼に寄り添いながら、祈るような気持ちで繰り返す。今日もウイルスに取り憑かれませんように。

最後の誕生日パーティー

六月二四日はピートの誕生日。彼は友達を呼んでパーティーを開くのが大好きだったので、誕生日やクリスマスにはたくさんの人が集まった。

何より思い出深いのは結婚翌年、一九八八年のクリスマス。その年、ニューヨーク・ポスト紙のコラム執筆が始まり、八一丁目にワンベッドルームのアパートを借りるとピートは友達を招待した。

何十人分もの料理を作るなどまったく経験がなかったので尻込みすると、ピートはこういってくれた。

「心配いらない！　ここにはケータリングといって、料理を作って持ってきてくれるサービスがあるんだ。それに、七面鳥の丸焼きはカーネギー・デリに頼めばいい」

カーネギー・デリはユダヤ人のデリカテッセンで、誰もが知るニューヨークのメッカだった。ここのパストラミやコーンビーフは絶品でピートの大好物。あの店ならよく知っているし、間違いないという。小さなアパートに入り切れないくらいたくさんの友達が集まったその晩、飲み物やつまみを振る舞っていたが、頼んだ七面鳥がなかなか届かない。やきもきして電話してみると、いかにも恐縮した声が返ってきた。

「配達しようとしたところ、足が一本なくなっていたのです……」

困ったが、それでも構わないから持ってきてくださいと頼み、一本足の七面鳥ローストが届いた。それを見てピートはこういった。

「うちの親父は若い頃、サッカーで左足をなくしたけど長生きした。つまり一本足は幸運の印なんだよ！」

居合わせた誰もが大爆笑。わたしはこの言葉に救われた。

八一丁目のアパートから西ヴィレッジのホレーショ通りに引っ越すと、大きなロフトタイプのアパートだったのでよくパーティーを開いた。わが家らしい食べ物を出したかったので、手製のサラダや海老のカクテルなどのほかに、ＳＵＳＨＩを出すとこれが大好評。当時はお寿司がニューヨークで人気を集め始めた頃だったので、馴染みの店に注文してマグロやハマチ、タイやかっぱ巻きなどを大皿に盛った。そこへ、ピートの弟が来ると数人が嬉しそうな顔で「やあ」といいながらゾロゾロ一緒に入ってきた。

「あれは誰？」

ピートにそっと囁くと、

「ぼくも知らない……」

それなのに、次の瞬間には昔からの知り合いのように彼らと親しく懇談しているではないか。お寿司はあっという間に綺麗になくなった。


二〇一〇年、ピート七五歳の誕生日には、家族を中心にエスカというレストランに集まってもらった。母親のアンは十数年前に亡くなり、末弟のジョーイが七人兄弟のなかでいちばん先に召されていた。

バースデー・ケーキを前にしたピートに向かって、こんな質問が投げかけられた。

「これまでの人生でいちばん良いことは何だったかい?」

ピートが考えていると、背後から大きな声が上がった。

「フキコと結婚したことだよ!」

次男トミーだった。一族の中でもちょっと毛色の変わった存在。ピートに倣って記者や編集者、カメラマンになった弟たちのなかでひとりだけ科学者になった。

「図書館へ行くとぼくは文学へ、トミーは科学の本の棚を目指したんだ」とピートはいい、NASAの初代メンバーになったほど優秀だったといっていた。ピートと二歳違い、謙虚で信頼の篤いトミーがわたしのことをそんなふうに見ていてくれたのは心から嬉しかった。

この日から六年後、トミーは肺炎などを併発して危篤になった。彼もまた二型糖尿病で数年前に脳梗塞を起こしていた。デニスの運転する車でコネティカットの病院へ駆けつけると、もう意識もなく最後の時を迎えていた。チューブに繋がれて僅かに呼吸している。

いつも一緒に少年期を送った弟にピートはそっと声をかけた。

「ぼくももうすぐ後を追うからね」

その晩、トミーに繋がれたチューブは外され、彼は七九歳で旅立っていった。ピートがブルックリンのリハビリ・センターに入院していた時に見舞いに来てくれたすぐ下の弟が先に逝くとは、ピートもわたしも信じられなかった。

また、ピートのことを心配してよく見舞いに来てくれていた若き日からの親友のティム・リーも、自宅で息を引き取っていたところを発見された。ブルックリンへ引っ越す直前、トライベッカのロフトへ見舞いに来てくれた彼は、後で考えてみれば少しむくんだ顔をしていたかもしれない。いつものように一五分ほどピートと話し込んで帰っていった。五日後、約束の時間に現れないことを不審に思った友人がアパートを訪ね発見したという。後の解剖によって脳腫瘍が原因だったことがわかった。あれだけ心配してくれて、ピートが目覚めて「アグア」と声を出した時には面会に来てスペイン語で話しかけてくれたティムが先に旅立とうとは。

八〇歳の誕生日は昏睡状態から奇跡的に目覚めた翌年（二〇一五年）だったので、

盛大に祝いたかった。本人には知らせず、サプライズ・パーティーにした。入院してから仕事関係の友人にはほとんど会う機会がなかったので、仕事へ復帰する希望を込めて、親しい編集者や記者、作家など二〇名にシティ・ホールというレストランに集まってもらった。ゲイ・タリーズはいつものように仕立ての良い素晴らしいスーツ姿で現れ、版元の社長や担当編集者などと一緒に、何も知らずに歩行器で入ってきたピートを拍手と歓声で迎え入れた。友達がそんなにたくさん集まっているとはまったく知らなかった本人は驚いて、涙を流さんばかりに喜んだ。あの時の写真を見ると、彼がまだ結構元気だったことがわかる。

この頃、インタビューに来た記者や後輩には「まだ終わっちゃいないよ」と半分冗談のように語っていた。

ただし、その頃から、最期が近くなっていることを意識するようになっていたようだ。彼のベッドの枕元にはキケローの『老年について』やパスカルの『パンセ』、マルコム・カウリーの『八十路から眺めれば』などの本が積まれていた。

彼はまた、ニューヨーク大学ジャーナリズム学科の特別客員教授として十数年ほど教えていた。といって決まったクラスを受け持つわけでなく、教師に頼まれればクラスに行って話をしたり、自分がやりたいと思うテーマで自由にシンポジウムを開いていた。

最後になったシンポジウムは彼が八〇歳になった二〇一五年、それも何を思ったこ

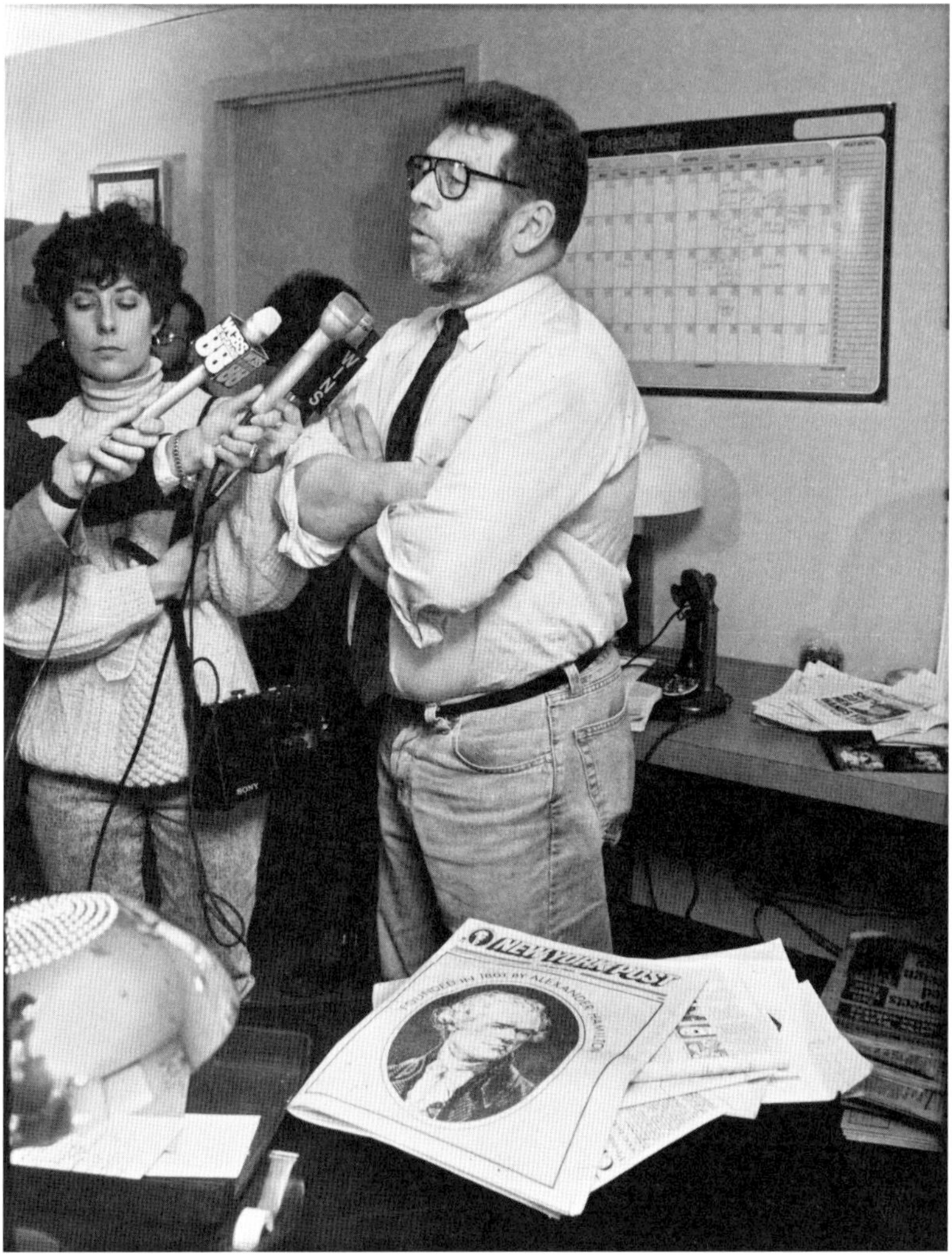

1993年、ニューヨーク・ポスト紙でストの陣頭指揮をとるピート
NEW YORK POST STAFF PHOTO BY DAN BRINZAC

とか「死亡記事」をテーマにして行った。ニューヨーク・タイムズで死亡記事をよく書いている友人のサム・ロバーツが参加してくれた。まだ生きている有名人の事前に書かれる死亡記事の話などを披露してくれて、大いに盛り上がった。

　この晩も会場の大きなホールは超満員。ピートは締めくくりにキケローの『老年について』を学生に向かってこう薦めた。

「死はただ死ぬことではなく、死はいつも生を意味する。キケローは死が人生最悪のことではないと書いている。これは素晴らしい著述の本だ」


　ニューヨーク大学では二〇一八年一二月に「ピート・ハミル・トリビュート」という会を開いてくれた。トリビュートというと追悼会になる場合が多いが、生きているピートを前に、友人がエピソードや賛辞を述べてくれる会になった。

　主賓として大きな舞台に立つにはすっかりダボダボになってしまったスーツではみっともない。わたしたちはユニオン・スクエアに近い馴染みのテイラーへ行って濃紺のスーツを新調した。ぱりっとしたブルーのシャツにネクタイも新しいのを締めると、すっかり昔のハンサムなピートに戻った。

　ニューヨーク大学の大きなホールの壇上には一一人の友人が勢揃いしてくれた。コラムニストのペギー・ヌーナン、スポーツライターのマイク・ルピカ、「ボーイズ・クラブ」出身がふたり、ニューヨーク・タイムズのジム・ドワイヤーは一九七〇年代にピートが書いたコラムをいっぱい集めた古いスクラップブックを持ってきて、ピートのコラムを読むことでいかに書くことを学んだか雄弁に語ってくれた。ピート自身も自分を育ててくれた先輩や作家、ジャーナリストの名前を口にして「この先、一時間でも名前を挙げることができるが……」といって締め括った。

二〇一七年、八二歳の誕生日はブルックリンのアパートに家族が集まった。大好物で〝禁断〟のピザを振る舞い、「ハッピー・バースデー・ピート・82」と書かれた抹茶ムースケーキに全員が満足した。これが家族と一緒に迎えた最後の誕生日になった。

二〇二〇年、八五歳の誕生日はすでにコロナがニューヨークで猛威を振るっていた時だったので、オンラインで祝った。Ｚｏｏｍは家族用と友達用の二回に分けたが、これが事実上、彼らが目にしたピート最後の姿になった。かなり痩せ衰えていたものの、まだみんなに話しかける力はあった。「ボーイズ・クラブ」のメンバーのひとり、チャーリー・セネットからもらった「リポート・フロム・アメリカ」のＴシャツを着て、後輩たちに投げかけたメッセージはこんなものだった。

「無実の囚人を釈放せよ！」

ピートは最後までジャーナリストたらんとしたのだろう。一人ひとりに激励のメールを書けたのも二年くらい前までで、あれだけ綺麗だった手書きの文字もほとんど形を留めないものになっていた。

「アイ・ラヴ・ユー」

その頃のわたしは日に日に衰えていくピートを見ながら、いつ、いったいどうやって最後の時を迎えることになるのだろうかと思案していた。いくら考えてもわかるはずがないのだが、いつもそのことが気になって頭から離れなかった。

病院へ送っていった帰り、ひとりでバスに乗っていると無性に哀しくなって涙が止まらなくなった。

「ふたりでいろいろやり遂げたね」

ピートはふとこんなことを口にすることもあった。

氷をたっぷり入れたグラスを倒してしまい、わたしが床を拭いていると、「アイム・ソーリー、アイム・ソーリー」と何回も、何回も繰り返した。そんなに謝らなくても良いのに……とかえって哀しくなった。

わたしたちは長いあいだ「見つめ合う」ことが増えてきた。カウチに座るピートに目を向けると、彼がわたしのことを見ている。わたしも彼から目が離せなくなって、じっと彼の目を見つめる。それも数分間ほど黙って目を合わせている。後から思えば、あの時、ピートは別れを惜しんでいたのだった。

そして、その日は思わぬ形で訪れた。

二〇二〇年八月一日土曜日、朝から太陽の照りつける暑い日だった。ピートにしっかりマスクをさせて、大きな枕二つを鞄に詰め込んで、病院へ出かけた。三時間もの人工透析の間、椅子の上で身動きできないピートには大きな枕が二つ必要だった。

ウーバーで車を呼び、メソディスト病院へ着くと、待合室には数人の患者がいてしばらく待たされた。ようやく呼ばれて透析の部屋に入ると、顔なじみのアンナがいつものようににっこりして、「具合はどうですか」と聞いてきた。白人の高齢者はピートとアンナだけ、もうひとり三〇代くらいの若い白人女性がいたが、あとはラテン系や黒人の患者ばかり二二名が一部屋で治療を受ける。

この日は師長《チーフ・ナース》のノーマに会えたので、「なんだかすっかり弱ってきたみたいで心配」というと、ノーマはわかっているというふうに大きく頷いた。ピートは血圧が低くなってきたため、酸素マスクをつけて透析することが増えてきたが、この日は必要なかった。

　透析が始まる頃になると「後で迎えに来るわね」とピートに声をかけて、表へ出た。土曜日はプロスペクト公園にグリーンマーケットが立つ。病院から真っ直ぐ公園に出て、朝市の列に並んだ。コロナ禍のマーケットには大きな囲いができて入場者を規制していた。六フィート（約一・八メートル）間隔で並び、入ってからも他の客に近寄らないように買い物しなければならない。とはいえ、近隣の農家がこうしてマーケットを開いてくれるのは助かった。新鮮で美味しいし、季節のものが手に入る。

　この日も真っ赤なトマトやトウモロコシ、ルッコラ、ビーツ、茄子などたくさん買った。卵も質が良いものだし、新鮮な花束も並んでいる。この日はピートの好きなひまわりを買い、ロングアイランドからくる漁師が開く「ブルームーン」という店の列に並んだ。ここはお刺身でも食べられるホタテ貝やマグロ、白身の魚など冷凍でない鮮魚を売っている。買い物カートに入りきらないほどの食材を積み込んで、我が家へ帰り、荷物を下ろしてランチの下準備を始めると、すぐに病院へ向かう時間になっていた。

　待合室で、ピートは歩行器に座ってわたしのことを待っていた。

「遅くなっちゃってごめんなさい」

　再びウーバーを呼んで帰路に着く。そこまではいつもと変わらぬ土曜日だった。

家の前の通りで車を降りてトランクから歩行器と枕を取り出し、ピートが歩けるようにした。ふたりで歩道を二、三歩踏み出してみたが、二つの枕がいかにも大きくて手に余った。

「ここでちょっと待っててね。今、この枕を置いてくるから」

わたしはそういって玄関に走った。入口ドアの横に枕を置いて、振り返って見ると、ピートがひとりで前庭に入ろうとしていた。歩行器を持ち上げてほんの一〇センチの段を登って庭に入ったと思ったら、その場によろよろと倒れこんだ。わたしから一メートルも離れていなかったが手を伸ばしても届かない距離だった。

驚いて駆け寄ってみると、尻餅をつき、

「ああ、転んじゃった！」

と本人は苦笑していた。

転び方もスローモーションのビデオを見るようにゆっくりだったので、たいした怪我をしたとは思わなかったが、いざ持ち上げようとすると、わたしの力ではとても無理だった。どうしたものか困り果てたわたしは褐色砂岩の三階に住む隣人のジョンに助けを求めた。ジョンの力でようやくピートを起き上がらせ家の中に入れてもらったが、寝室に運んでからベッドに乗せることができない。

そのうち、ピートが痛みを訴えるようになった。痛みは腰からきていたし、腕の傷口からは出血していた。主治医に電話すると、

「また病院へ戻りなさい。911へ電話して救急車を呼ぶんです」

ようやく帰ってきたというのに、また病院へ行くのは嫌だとピートは訴えた。わたしも行きたくなかったが仕方ない。再び救急車のお世話になって、メソディスト病院へ戻った。

救急処置室（ER）はいつものように超満員だった。それまで何回救急車に乗って、ニューヨークやブルックリンのERに駆け込んだことだろうか。しかも、今回はコロナ禍という緊急事態下だからウイルスも蔓延していることだろうと心配になった。ひたすら待つこと数時間、やっと病室が決まり、CTスキャンを撮ってみると、腰の右側に骨折が見つかった。

「骨折していますから、手術することになります」

若い医師がこういったので、なんとか手術をしないで治すことはできないのかと詰め寄った。ピートの体力を考えると心配だった。しかし、手術をしないでいると血栓が体に回って危ない状態になるのですと説き伏せられた。

翌二日、手術が終わったのは夜だった。ピートは手術後、集中治療室に移されていた。

三日、集中治療室へ行くと、コロナ患者がいるために家族の面会は制限されていた。一日四時間、ひとりだけ許される。それまで面会が遮断された時期が長かったので、

「アイ・ラヴ・ユー」

面会できるだけでもありがたいと思わなくてはならなかった。

ピートは憔悴した顔つきだったが、わたしを見ると嬉しそうに手を差し伸べてきた。数人の看護師がついていて、検査をしている。

「痛むの？」と訊くと「痛くない」という返事だったのでほっとした。四時間はあっという間に経ち、自宅へ戻った。

四日、朝になって駆けつけると、担当医のドクター・スタムが病室に来ていた。わたしの顔を見ると、そっと袖をひいて病室の外の廊下へ誘った。

「ピートは、とてもとても悪いのです」

呆然とした。もう持たないということだろうか。

「ピートの上の娘がニューヨーク北部にいるのですが、すぐに呼んだほうが良いですか」

医師は迷うことなくこう答えた。

「もちろんです」

エイジュリンは翌朝いちばんのバスに乗ってこっちへ来るというので、翌日には「一日四時間」と決められた制限のなか、ふたりで二時間ずつ付き添えるようにできないか。わたしは担当者と長い交渉をして、ようやく了解をもらった。

すでに四時間が経ってしまったので、「明日、エイジュリンが来るわよ」といって、ピートの手を取った。

「アイ・ラヴ・ユー」「アイ・ラヴ・ユー」「アイ・ラヴ・ユー」

ピートはか細い声で三回繰り返した。

五日朝早く、ベッドの横に置いた携帯電話が鳴った。出てみると、メソディスト病院の看護師ですという声がして、

「ハミル夫人ですか?」

と聞いてきた。

「はい、そうですが……」

若い声の主はこう続けた。

「あなたのハズバンドの心臓は止まりました」

思わず時計を見ると、午前五時数分前だった。

アローン・アゲイン

あの時、なぜ、ピートの手を離さず、一緒に歩かなかったのだろうか。なぜ、枕など置きに行って彼をひとりにさせたのだろうか。

わたしは後悔し、自分を責め続けた。

通夜は八月八日、ブルックリン九丁目にある葬儀場で家族だけが集まって行った。棺に横たわるピートは、ニューヨーク大学が開いたトリビュートで一回しか着なかったあの濃紺のスーツとブルーのシャツを着て静かに眠っているようだった。お別れの会が終わると、彼の通ったホーリーネーム小学校附属の教会へ棺を移し、ミサを上げた。

その年のはじめ、ピートの妹キャサリーンの夫が亡くなった時、わたしはふとピートにこう訊いてみた。

「そういえば、葬儀のミサはどこで上げたら良いかしら？」

前から本人に聞いておきたかったが、なかなか切り出せずにいたのだ。

「そうだね……」

ピートはちょっと考えて、

「ホーリーネーム教会が良いけれど、ジョーイの時にはずいぶん荒れた感じだったなあ」

それからこう続けた。

「でも、ぼくはまだしばらく逝かないよ」

末弟ジョーイのミサを上げた時かなり古びていた聖堂はすっかり改修工事を終え、見事に蘇っていた。

グリーンウッド墓地にピートの棺を運ぶと区画には一〇メートルほどもある深い穴が掘られていた。神父の言葉が終わると棺は静かに下ろされ、集まった全員が赤いバラを投げ入れ、土が盛られた。

出席できない家族や友人のために朝からＺｏｏｍですべての様子を映していた。カリフォルニアに住む弟、四男ジョンは出席できないことを残念がっていたが、数日前からコロナにかかったというので、みんなで心配していたところだった。そのジョンが真っ先にＺｏｏｍの画面に現れたので、

「どんな様子？　良くなった？」

と声をかけると、

「今朝、熱が下がったんだ」

という声が返ってきた。これでもう大丈夫と思っていたところ、二週間後、突然容態が悪化して集中治療室に運び込まれた。その病院では面会禁止が徹底していたので家族は会いに行かれず、携帯で話しかける日が続いた。

ジョンはわたしと一歳違い、大学にいた頃にベトナム戦争がエスカレートしたため志願して戦地へ行った。しかし、衛生兵となって銃を持つことは拒否したとピートから聞いていた。一年間の兵役から帰還するとニューヨークへ戻って新聞社で働いたり、広報関係の仕事についたりしていたが、年を取るにつれ、PTSDに悩まされるようになった。人の気持ちがよくわかる優しい人で、食べることが大好き、背が高くて大きなお腹だった。

そのジョンがブルックリンの褐色砂岩の家へ来てくれたのはコロナの始まる半年前のことだった。ピートとふたりでしばらく話し込み、帰るときに玄関まで送って行くと「兄さんの面倒をみてくれて、本当にありがとう」といってくれた。

ジョンはピートの後を追うように、一ヵ月後に天に召された。もし、ピートが生きていたら、どれほど哀しんだことだろうか。ジョンの死はわたしたち家族にとってあまりに突然だった。これで七人いたハミル家の兄弟はたった三人になってしまった。

コロナが次第に収まってくると、わたしは人工透析室があの後どうなったか気になった。チーフ・ナースのノーマに連絡を取ろうとしていたが、なかなか返事がなかった。だいぶ経ってようやく電話が繋がると、思わぬ言葉が返ってきた。

「実はわたしもコロナに感染してほとんど死にそうだったんですよ」

フィリピン出身のノーマは同じ看護師の夫が自宅で看護してくれたので、一日にバナナ一本で生き延びたのだという。

「ピートがいなくなってから、すぐ、人工透析の病室にウイルスが入ったんです。ずいぶん被害が出ました」

いつもにっこりしていたアンナも、コロナで亡くなったという。あの病室だけで一三名の患者が命を落としたというので驚いたが、あのまま通っていたら、ピートも同様の道を辿ったに違いない。

ブルックリンからトライベッカのロフトへ戻ったわたしは、リビングルームの角にピートの大きな机と対のファイル・キャビネットを並べ、ブルックリンの家にいた時と同じように彼の部屋を作った。机の上には並んでいた本やカレンダーをそのまま置き、壁には両親の写真、ホーリーネーム小学校やリージス高校のクラス写真などを並べた。

さらに、大好きだったブルックリン・ドジャーズの本拠地で後に解体されたエベッツ球場の古い写真とジャッキー・ロビンソンの顔つきイラスト、ニューヨーク・ポスト紙編集長ジミー・ウエクスラーから会いに来ないかと誘われた運命の手紙、同紙でピートを育てた編集者ポール・サンや〝天国〟の写真、ストライキで涙を流すアレクサンダー・ハミルトンが表紙のニューヨーク・ポスト紙、乗っ取りを図ろうとしたハーシュフェルドが嫌がるピートにキスする一枚、『ザ・ギフト』『フレッシュ・アンド・ブラッド』などの本のカヴァーやポスター、ジョンソン大統領のベトナム訪問を取材するピートの写真などをブルックリンの部屋と同じように並べた。

そのほか、わたしの撮ったベルリンの壁を叩く写真、映画出演でロバート・デュバルと並ぶピート、友人の漫画家ミルトン・カニフがくれた少年ピートのイラストなどが大きな壁を埋める。その上には彼のコレクションであるメキシコで買った木彫りの大きなマスクが一二個並ぶ。

わたしは彼の遺品を箱に詰めて仕事部屋に置いている。そこにはピートからもらった手紙の束もある。東京のパレスホテルでインタビューした後、ニューヨークから送られた手紙。ニューズウィークの仕事でニューヨークへ行くことになると書いた手紙への返事。離れていった後、また会いたいと書いてきてわたしを驚かせたあの手紙。『ドリンキング・ライフ』を出版した後、わたしに気を遣って書いてくれた一枚。そして、結婚三〇年を迎えた時に受け取ったメール。

〈今日はピザと抹茶アイスクリームの素晴らしいランチだった。この三〇年は「良い時も悪い時も、病気の時も健康な時も、死がふたりを分かつまで」というあの誓い通りになったね。ブレズリンのアパートで、君の両親やぼくの家族や友達に囲まれた君の姿がまだ瞼に浮かぶ。ぼくはあの時、喜びで心臓がはち切れそうだった。

ぼくたちにはガボがいて、メキシコがあり、スペインがあり、ローマやシシリー、アイルランド、ニューオリンズ、フロリダなどで過ごしたが、いつも必ずニューヨークへ帰ってきた。ぼくは完璧ではなかったが、君はぼくをより良い人間にしてくれたし、より良い作家にしてくれた〉

ピートは、「いくつか後悔していることがある、一つは日本語を勉強しなかったことだ」と書いた。

〈そうすれば君の本を読むことができたのに、毎年、来年には始めようとあと回しにした。もう遅い。君にもっと気の利いた贈り物をあげれば良かった。君の趣味に合ったものを。それからパリで一年、一緒に暮らせたらどんなに良かっただろうか……〉

彼の頭からは最後までパリが離れず、仕事部屋の暖炉の上やベッドサイドにはパリの案内書から、旅行記、地図、バルザックからアンドレ・マルロウなどの本が山積みされていた。

さらに、彼が書き上げた記事とメモ、映画台本や草稿などがたくさん。その数の多さにわたしは圧倒される。機関銃のようにタイプライターを叩いていた音が今でも聞こえてきそうだ。

「ピート、本当によく仕事したわね」

わたしは、心の中で彼に語りかける。

これらの資料や著書、ポスターや写真、手紙（なかにはロバート・ケネディ、ジョン・レノン、フランク・シナトラなどから受け取ったものもある）をこの先、どこへ保管してもらうのがいちばん良いのだろうか……。

彼の遺品箱の中にはまた「グリーンウッド墓地」というファイルもあった。そこには区画を買った時の手紙やパンフレットなどが入っていて、ふと見ると領収書まである。何気なく目をやると、そこにはこう書かれていた。

「プロット番号#４５０１２、セクション55。８５００ドル＋チャージ７８８ドル、総計９２８８ドル、２００６年８月８日」

それまでまったく気づかなかったが、墓地を買った日付はピートを埋葬したのと同じ八月八日だった。

どうやって最期を迎えるのか、実は初めから決まっていたのかもしれない。

その日から、ピートの手を離したことを後悔しなくても良い、と気持ちが落ち着くようになった。わたしも同じところへ入ることになるのだから。

墓石については長い間、迷っていたが、クイーンズのミドル・ヴィレッジにある店でインド産のトロピカル・グリーンという名の珍しい石を見つけた。深緑色で木陰ではほとんど黒に見えるが、日が当たると緑が輝いてくる。アイリッシュにはぴったりだった。この墓石にはわたしの名前も彫り込んだ。

「ピート・ハミル　1935―2020　安らかにここで永遠《フォーエヴァー》に眠る。

彼の妻フキコ・アオキ・ハミル　1948―　　ともに」

墓石の文字の上部にはピートの友達が作ってくれたブルックリン・ブリッジとブルックリン・ドジャーズのBをデザインしたマークが描かれている。

墓の裏には彼の著作『フォーエヴァー』からの抜粋を彫り込んだ。

毎月、五日にはグリーンウッド墓地を訪ねている。地下鉄で橋を渡る頃になると、ピートのいつもの声が聞こえてくる。

「この橋はいちばん古くていちばんきれいなんだ！」

そうね。わたしは頷きながら、心のなかで語りかける。あのトロピカル・グリーンの墓石の下で待っててね。


わたしはいつものように暮らし、仕事して、「またひとりになった」ことをしっかり受け止めようとしている。ピートがきっとそう望んでいるから。昔、ギルバート・オサリバンが歌った思い出のメロディーがいつの間にか聞こえてきて、口ずさんでいることもある。

そう「アローン・アゲイン」、わたしはまたひとりになったのだ。

photo by Deirdre Hamill

＊貴重な写真を提供いただいた写真家ほか関係各位に心より御礼を申し上げます。一部、どうしても権利者と連絡がとれないものがありました。お気づきの方は、編集部までお知らせください。

＊本書は書き下ろしです。

本書の感想をぜひお寄せください

青木冨貴子（あおき・ふきこ）
1948（昭和23）年東京生まれ。作家。1984年渡米し、「ニューズウィーク日本版」ニューヨーク支局長を３年間務める。1987年作家のピート・ハミル氏と結婚。著書に『ライカでグッドバイ――カメラマン沢田教一が撃たれた日』『たまらなく日本人』『ニューヨーカーズ』『目撃 アメリカ崩壊』『７３１―石井四郎と細菌戦部隊の闇を暴く―』『昭和天皇とワシントンを結んだ男――「パケナム日記」が語る日本占領』『ＧＨＱと戦った女　沢田美喜』など。ニューヨーク在住。

アローン・アゲイン
最愛《さいあい》の夫《おっと》ピート・ハミルをなくして

著　者　青木冨貴子《あおきふきこ》

発　行　2024年３月15日

発行者　佐藤隆信
発行所　株式会社新潮社　郵便番号162-8711
東京都新宿区矢来町71
電話：編集部 03-3266-5611
読者係 03-3266-5111
https://www.shinchosha.co.jp

装　幀　新潮社装幀室
印刷所　錦明印刷株式会社
製本所　加藤製本株式会社

ISBN978-4-10-373208-2　C0095
価格はカバーに表示してあります。